法善寺横町

Hasegawa Koen
長谷川幸延

たちばな出版

装丁＝川上成夫

目次

法善寺横町

人だかり

　うつらうつらと混濁した頭の底で、鍛冶屋の鎚の音が間延びして聞える。ビッショリかいた盗汗《ねあせ》の中で、夢だろうか、現《うつつ》だろうか、聞えて来る。盗汗はヨレヨレになった浴衣の寝巻を通してグッショリ濡れていた。

　ようやく耳をすますと、鍛冶屋の鎚の音と聞えたのは、自分の寝ているすぐ裏の法善寺さんの本堂で、もう晨《あした》の勤行《ごんぎょう》に入った僧たちが叩く鉦の音である。それと分ると、由松《よしまつ》は慌てて煎餅布団の上に起き直り、

（えらい申し訳が御座りまへん。またしても、堅い誓いを破りまして……）

というように、ふらつく頭をペコリと下げた。本堂の、鉦の音のする方へ下げたつもりが、軀の中心がとれていないのであらぬ方角へ向いていた。そのはずみに頭の芯がズキズキ痛み出し、またぞろ禁酒の誓いを破った上に、泥のように夜更けの町を狂い廻った昨夜《ゆうべ》の醜態が思い出される。

(阿呆め！ またしても、堅い誓いを破りくさって！ 罰が当たって眼でも潰れんうちは、酒がやめられんのか、この性無しめ！)

我ながら唾を吐きかけたいほど浅ましい。

由松は、法善寺の不動尊に禁酒の誓いを立てていた。四年前、酒ゆえに島の内の古着商の手代を失敗《しくじ》り、二年間禁酒の約束で料亭「小松」の下足番に置いてもらったのである。

堅い禁酒——と由松は言うが、二年間の禁酒をもう四年もかかっている。三月続いては破れ、二月続けては破り、ものの半年と続いた事が無いからである。

まだ朦朧としてさめきらない頭をコツコツ叩いていた由松は、手早く着物を引っかけ、板裏の八ツ割《わり》草履をカチャつかせて、「小松」の台所から境内に出た。

境内には人の子一人通らない。法善寺は、というより千日前界隈の午前七時といえば、一日中でも最も静かなひとときで、夜更し商売の家々はまだ夜中の夢であった。境内に尻を向けた一杯呑み屋や小料理屋の裏口に積み上げた小鉢や丼物の残骸が、まるで商売女のいぎたない寝相のように、燦々《さんさん》たる七月の朝陽にカッと照らし出されて寝不足の眼に痛いほど沁みる。

しかし、今朝の由松の眼にもっと痛いのは、禁酒破りを難じ給うように見える境内の不動尊の御顔である。彼は眩しそうに顔を反向《そむ》けて通り、千日前に面した山門の日蔭に入ると、手足を大きく踏張って深呼吸をした。

道頓堀を千日前に折れた、土一升金一升の目貫《めぬき》の一角。夫婦ぜんざいのお多福《たやん》と、水かけ不動尊と、まんざいの寄席《こや》と、小便たんごとで名高い天龍山法善寺。

天龍山法善寺、などと鹿爪らしく言うと、

(そないなお寺があったかいなあ……?)

と大阪人も首を傾けるだろう。それより、

(千日前の、通り抜けの寺やがな)

(ああ、あの関東煮《かんとうだき》屋の裏の……。あれ、お寺やったのかいな。それはそれは、南無阿弥陀仏！　南無妙法蓮華経！)

この方が分りが早い。

けれども決して関東煮屋の裏ではない。そんな言い方をしては罰が当たる。大阪の食傷小路——銘々の特色で飲ませる一流二流が東から算《かぞ》えて二葉、お多福、鶴源、二鶴、正弁丹吾（小便たんごの傍《わき》の、というのが通称になって、こんな字を当て嵌めたのである）、ここで酔客が挙げる歓声は、時に、境を接する中座や、まんざいの花月の舞台に支障を来して物議を醸す。その軒並みの一杯呑み屋は、これことごとく法善寺の借家である。法善寺さんが大家なのである。

事変以前、商店法実施より数年前、すでに、

「寺内での営業は十二時限りちゅうことは、昔からの規則やないか。早う店を仕舞いんか」

と毎晩見廻るのは、その筋の人ではなくて、法善寺の僧の仕事であった。

「現金商売していて家賃を滞らすちゅう法はないやろ。今日はどうでも払うて貰お！」

と取り立てに廻るのも法善寺の僧である。

さて、由松が山門の入口で深呼吸を一つして、ふと気がついた。

いつもは人通りの粗《まば》らな七時というのに、由松の背後を駆け抜けて北へ北へと走る人がつづく。北へばかりではない。北からも東からも走って来る。道頓堀の方に何事か起った

のだ。只事ではなさそうだ。いつか由松も、

「何ですねん？　どないしたんですねん？」

と訊ねながら、板裏の八ツ割りを鋪装道路《アスファルト》にカチャカチャ鳴らして走っていた。

「菊五郎《ろくだいめ》の芝居が十銭で観られるなんて……」

「おまけに各等十銭均一やなんて、嘘みたいな話やがな！」

話の様子では、道頓堀の中座で、得意の「鏡獅子」を中心に、大阪中の人気を湧き立たせている尾上菊五郎の芝居のことらしい。それにしても、菊五郎一座へ大阪側から延若《えんじゃく》、魁車《かいしゃ》が加わった顔揃いで、七円五十銭の木戸が連日満員だというのに、十銭均一の各等行き次第のとは、訳が分らぬなりに、由松は走った。

なるほど、中座の前はもう黒山のような人だかりだ。ワーワーッという喚声である。なかには、

「さあ、一列に並んで並んで。後から来て先きに入ろうて、そうは行かんぞ。十銭均一でも順番は早いもん勝ちやぞ……」

と向う鉢巻で喚いている男もあった。皆が血眼になって先を争っているのである。由松は後ろから押され押されて、前へ出た。

「コラッ、後から来さらして前へ出ようとは厚顔しい奴じゃ！　オイ、コラ！」

由松が喘ぎ喘ぎ木戸前へ出ると、そこに、

「只今より十銭均一」

と墨黒々と筆太の勘亭流で書き、横に、

「上場行き次第」

と書き添えた、畳一まいほどの立看板《たてすて》がドッカと立てかけてある。

（なるほど。これなら菊五郎が十銭で観られるちゅうのも、満更嘘でもなさそうだが……）

と、まじらまじら眺めているうちに、由松は後頭部をガンと殴《どや》されたような衝動と共に、何とも言えぬ悪寒が背筋を這い上り、顔の血がグングン退《ひ》くのを感じられる。

彼の頭に、昨夜の出来事が朦朧として蘇って来たのである。

酒　乱

只今より十銭均一——の立看板《たてすて》を両手で高く差し上げ、エヘラエヘラと歩いているのは自分である。

ゲラゲラ笑っている顔がグルグル廻って幾つも見える。半ば燈を消し店を閉めてしまった千日前の通りである。キャバレー赤玉のネオンの風車も消えていた。

十銭均一の看板は、千日前のズッと南の演芸席《いろものせき》が八時の割り引きから表に立てる看板だ。事務員が取り入れずに忘れて帰った看板なのだ。しかし由松には、何のためにそれを担いでいるのか分らぬ。だが自分一人ではないらしい。

「ヨヤサのコラサ、コラサのヨイヨイ！」

後から拍子をつけて、ついて来る奴がある。どこかで聞いた声である。どんな奴か見てやろうと思っても、看板が邪魔して振り返れない。そのうちに、誰でもええわいと面倒臭くなり、

「ヨヤサのコラサ、コラサのヨイヨイ！」

と、一緒になって喚き立てた。

「よっしゃここでええ。下せ下せ」

泥ンこに酔った上に、汗みどろになって担いでいた由松は、もうそこがどこだか見境いがつかなくなっていたが、目の前にパッと華やかな「鏡獅子」の絵看板のあったことや、

「菊五郎が何じゃい。衣装のええのん着て木戸銭高う取りゃこそ六代目やが、十銭の木戸取ったら十銭の芸にしか見えへんのじゃ。音羽屋もへったくれもあるもんかい」

とわけの分ったような分らぬような啖呵《たんか》をきり、十銭均一の看板を立てかけると、

「様見《ざまみ》さらせ！」

と言い捨てて蹌踉《そうろう》と帰って行く、聞き覚えのあるその声や、それへ、

「そや、そや！　その通りその通り……」

と他愛なく手を叩いて、へたばっている自分の姿が、次々に泛んで来る。

由松は、なおもどんどん押し寄せて来て道頓堀の道幅へ氾濫する人波を今更のように眺めまわして、

（こらえらい事になって仕舞《しも》た……）

と腰から下の力が抜けて、じっと立ってはいられなくなって来た。

そのうちに、劇場《こや》の中からねむた眼を擦って飛び出して来た表方《でかた》が、慌てて立看板《たてす》を引っ込めかけるのを、そうはさせじと皆が遮る。

「六代目はんが十銭で観られるか観られんか、考えても分るやろ。阿呆かいな」

表方が言うと、鉢巻の男がいきり立ち、

「阿呆とは何じゃ！　看板に偽りなしやぞ。十銭で見られるちゅうさかい、昏《くら》いうちから待ってるのに、このまま済むと思うてけつかるのんか？　阿呆とは誰に言いさらした」

それへ大勢の声がからみ、盛り上り、

「お前みたいなカスでは話にならん。松竹の社長を出せ！」

もつれにもつれて、もはや納まりのつかぬ状態になった。と、騒ぎの中から誰となく、

「だいたい、どこのどいつがこんな看板立てやがったんや？」

と言い出した。由松はギョッとした。誰か昨夜《ゆうべ》のことを知っている奴がいて、

（こいつやこいつや！「小松」の下足番や！）

と、今にも首根ッコを押えられ、袋叩きに遭うのではあるまいか。イヤ、そんなことでは済むまいと思うと、ガタガタ胴震いがして、八ツ割りの音もコソコソ逃げ出そうとした時、

「由しやん、昨夜《ゆんべ》は凄《えら》い景気やったなア」

ポンと肩を叩いたのはまんざいの三芳家《みよしや》小米《こよね》だった。彼は顎で看板の方をグイとしゃくり、

「面白いことになりよったなア……」

ニヤリと笑った。この男は知っているのだ——由松は慄然《ぞっ》とした。

（悪い奴に、悪いところを見つけられた……）

そういえば、昨夜たしかにこの男に逢った。一緒に飲んだ記憶もある。

「小米やん……」

手を合さんばかりに哀愁を籠める眸《め》を、小米はじっと見ていたが、

「なるほど。これが由しやんの仕業と知れたら、酒の上とは言うてられん。鼻の下が干上ってしまうよってなあ……」

あはははと腹をかかえた。頼んでいる下からもうこれだ、と由松はゲンナリした。

「喋舌れへん。安心しやはれ……」

あは、あはと小米はとめどなく笑い続けた。

「小松」の、自分の部屋へ戻ると、由松は、

「風邪ひいたらしい。頭が重うてかなわん」

あげたばかりの布団を引き摺り出し、頭からスッポリ冠《かぶ》ったその中で、

（口軽なあの男が喋舌《しゃべ》らずにおく奴やない）

発覚した暁に、どんな尻を捩じ込まれるかも知れはしない、と、今更ながら酒乱に近い

自分の酒が、呪わしいほど情けなかった。

それからしばらくして、お札場の宗純《そうじゅん》が、

「由松つぁん、どこぞ加減でも悪いのんか」

と枕元に坐り、心配そうに見舞ってくれた。

お札場というのは、境内の不動尊の線香、蠟燭、護摩、守符《まもり》などの受付で、ここには四、五人の男がなにがしかの月給で、商家の通い番頭のようにして、僧たちと一緒に働いていた。

宗純は、法善寺に十九の歳から十年勤め上げ、現在《いま》ではお札場の課長格であった。課長というのはおかしく響くが、借家の家賃の取り立てなど宗純の役目になっていたのだから、この場合決しておかしくはないのだ。

由松は宗純と同い歳の、心易さでウマが合った。宗純が、ともすればお札場から恍惚《うっとり》として、境内の料亭「小松」の方角を眺めているのは、仲居のおせきに、仄《ほの》かな恋心を抱いているのだということも知っていた。ただ、おせきに悪足《ひも》のあることだけ、いつか宗純に知らせて、失望することのないようにしてやろうと思っていたが、もうそんな口も利けなくなったと、由松は布団の中で長い息をした。その悪足というのがまんざいの小米だからであった。

みくじ判断

火焔のお好きな不動尊へ、法善寺《ここ》では水をかけて祈念する。御尊体を現《うつ》し身と見て、病《やみ》患《わずら》いのところへ水をかけて平癒《へいゆ》を祈る。そればかりでなく、「水かけ不動《さん》」はあらゆる祈願に霊験いやちこで、ことに花柳界の信仰が厚かった。「水かけ不動」に「水商売」――この道の人々はとかく洒落気が多すぎる。

富田家《とんだや》の三代鶴《みよづる》が、船場の絲喜《いとき》の若旦那と晴れて夫婦になれたのも「水かけ不動」の御利益によるところである。もっともこれには、三代鶴がひいた御神籤《おみくじ》に対して、宗純の試みたくじ判断に半ばの功はあったのだ。

三代鶴が「水かけ不動」へお詣りし出したのは、決して若旦那太田喜太郎《おおたきたろう》が満洲事変に出征してからではない。しかし、一日に朝夕二回、しかも一回は必ずお百度を踏むという熱心さを示したのは、それ以来のことだった。八の日八の日の御縁日には、かかさず、

――武運長久　太田喜太郎

の御祈禱をして貰うので、宗純も薄々は事情を知っていた。
その三代鶴がある日お百度の後で御神籤をひき、ためつすがめつ見ているのを、
「みくじ判断はなかなか難しいのだっせ。あんた、かめへんなんだら、判断してあげまひょか」
と宗純が言うと、女はためらわず、
「ほんならお言葉に甘えまして……」
と素直に差し出した。それには「第二十一、末吉」とあり、籤文《せんぶん》に、
　月遥昇西海　つきははるかにせいかいにいで
　疎林影孤独　そりんかげこどくなり
　撤扮飾清髪　ふんしょくをてっしてかみきよらか
　梅花永馥郁　ばいかとこしえにふくいくたり
「これは、あんたの心の月はいま西の方に出ている――、失礼やが戦争に行ってやはるお方のことでっしゃろ。この御神籤はよう当たっています。あんたの信心が、通じましたのや」
　宗純は心からそう言って、神籤を押しいただいた。女は項垂《うなだ》れて聴いていた

「戦地の事やから、心は矢張りお淋しかろう。撤扮飾清髪《ふんしょくをてっしてかみきよらか》――。あ、これは失礼ながら、あんたには無理かと思うが……」

結いたての島田に映える襟白粉《えりおしろい》を眩しく見て、宗純がちょっと口ごもった。

「どんな事か、言うて見ておくれやす」

「神籤のおもてでは、紅白粉をやめて後に、髪の清らかさが目立つ、という。あんたの場合には心のかざりを捨て、一心に信仰なされば、いつまでも花の薫る春がつづく、でっしゃろ……」

女は、じっと聴いていたが、

「すみまへんけど、紅白粉のとこを、もう一度言うておくれやす」

「撤扮飾清髪《ふんしょくをてっしてかみきよらか》――、紅白粉や櫛簪《くしかんざし》、そんな飾りを取りのけてこそ、黒髪の本当の美しさは目立つやろ、というのだす。けど、芸妓《げいしゃ》稼業にそれは無理や……」

「ふんしょくをてっして、かみきよらか……」

「何事も、信心が肝要だす」

神籤を小さく折って帯にはさみ、静かに宗純へ会釈すると、

「ふんしょくをてっして、かみきよらか……。ふんしょくをてっして……」

呟くように、繰り返しながら帰って行った。

宗純のみくじ判断は、翌日、思いがけない結果を生んだのである。

翌日、三代鶴が詣った時、島田を崩して洋髪にしていた。宗純は別に気にとめなかったが、女が静かに、

「どうぞ、これをお供えしておくれやす」

と差し出したのが、ズッシリ手に重い髪の毛だと知ると、さすがに胸がドキリとした。

「こ、これは……」

「紅白粉をてっする事は出来かねますよって、髪をてっして、あのお方に息災を……」

「そ、そんな……。私は、私は決して……」

しどろもどろになると、女は莞爾《にっこり》して、

「心配せんとおいておくれやす。何事も不動様の思し召しですよって……」

と言った。

ところがここに、奇蹟が起った。奇蹟といえると思うのだ。

三代鶴が、籤文を、というより宗純のみくじ判断を信じて、髪を切ったのが四月の八日。

戦闘で太田一等兵が腹部に流弾をうけながら、不思議に一命をとりとめたのが四月八日で

あった。

三代鶴が髪を切ったことを、抱主《かかえぬし》が知って叱責したのが動機《きつかけ》で、パッと表面《おもて》立ったのである。それがかえって喜太郎の実父、絲喜の当主喜右衛門氏の耳に入るしおを作り、喜太郎の母親が泣いたとか泣かぬとか、喜太郎の帰還除隊を機会に落籍の話が急展《きゆうてん》し、七月二日、八白大安を卜《ぼく》し靫《うつぼ》の大神宮で結婚式、とまで急テンポで進捗した。

撤扮飾清髪　ふんしょくをてっしてかみきよらか
梅花永馥郁　ばいかとこしえにふくいくたり

宗純は、撤ニ扮飾一清レ髪《ふんしょくをてっしてかみきよらか》は撤ニ扮飾清髪一《ふんしょくせいはつをてっす》と読み下すべきではないのかと疑ったが、三代鶴の本名が、お梅というのだと知るに及んで、梅花永馥郁……ただ啞然とし、しばし不動の尊像を仰ぎ見て、立ちつくした。

宗純は、三代鶴の落籍の話が持ち上るや、自ら十七日の間、大好物の野菜天婦羅《しょうじんあげ》を断ち、(不動尊よ。わが恋は細谷川の丸木橋、ひとえに尊慮の赴くところを、告げ知らせ給え)と、仄かにもはかない恋を、神籤に託した。

神籤は「第二十一、末吉」と出た。

月遥昇西海　つきはるかにせいかいにいで

疎林影……

……呆然として宗純は、もう一度不動尊の顔を見上げ、それからゆっくり、御神籤と見比べた

撤扮飾清髪　ふんしょくをてっしてかみきよらか

宗純は、坊主頭をツルリと撫でて見た。

小米と源助

まんざいの三芳家小米が、「正弁丹吾」で、喧嘩相手の夫婦ぜんざいの出前持ち源助《げんすけ》に怪我をさせて、難波署へ拘引《ひっぱ》られたという話を聞いて、由松は蒼くなった。

取り調べが進むにつれ、彼奴《あいつ》の事だ、次から次へと余罪がある。事のついでに口を辷《すべ》らすに違いない、例の十銭均一の一件だ。

あれ以来いかに気を遣って来たことか。法善寺の門前に、「法律百般弁護士いらず」定価二円八十銭の本を、特に三十銭で頒《わか》っている田中法学士に、それとなく口裏をひいて見ると、本件は、松竹側が確証を摑んで訴えれば、営業妨害を構成するかも知れぬ、そうだ。

由松はただ喋舌られる事の恐ろしさに、いかに小米の機嫌をとり結んで来たことか。それをいいことにして、小米は、

「ちょっとええ材料《ねた》やで。漫才に脚色《しくん》で、高座へかけたら大喝采《おおうけ》や」

などと、いたぶっては酒にした。それがすっかり、水の泡になってしまうだろう。

また何だって小米は、人もあろうに源助を相手に喧嘩をしたろう。源助は、小米の情婦のおせきの親父やないか。それを小米が知らぬ筈はない。そうか、おせきの事から口喧嘩の挙句が、立廻りという寸法か……。

(それにしても、弱ったなあ)

もう今頃は、小米が口を割ったかと思うと、居ても立ってても落ちつかず、電話のベルの音にも飛び上がった。

ところが、小米は、源助がおせきの父親《てておや》とは知らなかったのである。父親といっても幼少の時から口減らしに奉公に出されたおせきだった。その頃、法善寺の中には、桂派は紅梅亭、三友《さんゆう》は花月と大阪落語が木戸を並べていた頃で、源助はその紅梅亭の楽屋番をしていたが、席亭の没落と共に職を失い、ようやっと隣りの夫婦ぜんざいへ、出前持ちとも下働きともつかずに、使って貰った。そしていまだに五合酒を呑む。その酒代《さかて》のために、お

せきは苦しみ通した。

広いようで狭いのが浮世だそうで、その小米と源助が、これまた同じ法善寺の「正弁丹吾」で喧嘩した。というのが……。

その日は例の三代鶴が、本名お梅にかえる結婚式の当日で、小米はその披露宴の帰り道であった。といっても、実は余興のまんざいに傭われた口である。相棒のゴロスケと、二、三軒はしごをした末の「正弁丹吾」である。

「ここまで来たんや、ついでにちょっと『小松』へ行《い》て、北の方にお目にかかろうやないか？」

ゴロスケが、おせきの方へ水を向けると、

「ゴロやん、今日らの日におせきの話おいてんか。あんなすべたの顔は、銭《ぜに》のある時に見る気せんさかいなあ」

女にぞっこん惚れていながら、つい言いたがる口《くち》である。ところがそのとき隅の方で、小松、おせき、すべた……と聴いて、グッと鎌首をもたげた顔があった。源助である。

「そんな事より、今日のよめはん、うまい事やりよったナア」

「女寿司なくして玉子とじに乗《の》る」

「そら、何のこっちゃ？」

「女氏《うじ》なくして玉の輿に乗る」

「芸名が三代鶴、本名が梅……」

「それで、うめえ事《こと》やったんやナ」

「江戸ッ子と大阪弁とチャンポンやがナ」

「なんでも、水かけ不動さんの御利益やそうな」

「あらたかなもんや。あそこへ願をかけると、必ず資産家《かねもち》のとこへ嫁入り出来るそうな」

「ほう、何でや？」

「そら、不動産がついてるさかい！」

「今日のお目出度が纏《きま》ったのも、女《おなご》が髪の毛を切ったさかいや」

「矢張り、頭をつかいよったんやナ」

「感心！」

「安心！」

「信心が第一や」

「まあ、一杯行こ」

ゴロスケが盃をさした。と、ここまでは無事であった。

「ゴロやん、俺《わい》は今日のよめはんをモデルにして、一《ひと》つええ材料《ねた》考えたんや」

「小米やん、相変わらず早いなあ」

「女の切った髪の毛が、ほんまもんやのうて、実はかもじやったら面白いやないか」

「なるほど」

「芸妓上《げいしゃあが》りの妾《てかけ》に、旦那が二人ある。それが一方へ知れて、どうしても心中立てをして見せんならん。そこで髪を切る。旦つくは顔の紐ほどいて喜ぶ。しかし、あとでかもじやった事が分かる。そこで……」

ふふん……と、聞えよがしに源助が鼻で嗤《わら》った。正面から、絡《から》んで来たのだ。

「あああ、当節《とうせつ》の出来星は物を知らなさ過ぎるわい。髪の毛を切ったような顔をしてかもじを摑ます古ネタを、新作面《づら》して、芸人で候《そろ》かしくか。知《し》らな尋《た》んねりや、教えてやるのんに……。ナア、助はん」

若い衆の助はんは、眼をパチクリさせた。小米は痛いところをつかれて、グッと黙ったが、しばらくして、やや蒼くなった顔を隅へ向けた。

「どなたや知らんが、御親切におほけに。念《ねん》のために訊《き》くが、かもじの話はたしかにあるのやな」

「知らな三木助はんにでも、円馬はんにでも、手拭いの一本も持って頼みに行きなはれ。教えてくれる。『星野屋』をお頼ン申します、ちゅうてな……」

紅梅亭の楽屋番だった昔がある。源助は、勝ち誇って続けた。

「先《せん》の小米が十八番《おはこ》にしてた落語《はなし》や。また、巧かった……。先の小米、御存じないか。現《い》在《ま》東京で、大看板になっている小文治のこっちゃ。ふふ、同《おん》なし小米でも、酷《えら》い違いや」

「俺を小米と知ってて、言うのやなッ」

「さあ。小米《こよね》か小骨《こぼね》が知らんけど、えろう舌ざわりのよ、、うない男や」

「小骨でまことに済《す》まなんだなあ！」

「済まんと思うたら、すべたの尻を追い廻す暇に、落語のネタ帳でも繰って見い！　その方が、身のためや」

小米は、ぶるぶる顫える手で、ビール瓶を振り上げた。

かけおち

二人の距離が隔っていたのと、ゴロスケが手早くとめたので、源助の傷は額をかすった程度だったが、したたかに呷っていたのと、潮時であったのとで出血がひどいので、慌てて附近の病院へ担ぎ込んだ。小米とゴロスケは、難波署へ引致された。ゴロスケは程なく帰宅を許されたが、小米は勿論《もちろん》留置された。

じっとしていられなくなった由松は、難波署の司法係に心易い常客《おきやく》があるので、それを頼りに貰い下げに行ったが、けんもホロロに一喝され、うろうろしていると藪蛇になりそうなので、慌てて引き上げた。小米は前後三日留置されたが、源助の傷が浅く、退院が早かったので、三日目の夜に入ってから、厳重説諭の上、釈放された。

鶴のように首を伸していた由松は、早速迎えに出て、千日前の出雲屋の二階へ招じ上げた。まずジョッキからなみなみと注いで、

「えらい目に遭うたなあ。真夏の留置場《べっそう》は、さだめし苦《えら》かったやろ」

阿《おもね》るように、下から覗いた。

「けど、何も喋舌れへんなんだやろなあ」

「何を……?」

「何をて、分ってるやないか? 十銭均一の……、それ、中座の一件やがな」

「しょうむない。それどころかい!」

噛んで吐き出すように、睨みつけた。

「こっちは、売られた喧嘩を買うて、えらい災難に遭うてるとこやぞ」

小米にして見れば、なぜああ絡まれたのか合点が行かない。由松はホッとして、

「まあ一杯! まあ一杯グッと……」

と、ニコニコ酌をして、

「けど、あんな年寄相手に、手を出すなんて、小米やんにも似合わんやないかいな」

「ふん、口喧嘩でかなう親爺やない」

「まんざい屋がかなわんなんて……。そらまあ、昔は紅梅亭の楽屋番や。昔とった杵柄《きねづか》やのうて、昔きいた耳柄で行きよるさかいなあ」

「え、紅梅亭の? 道理で落語《はなし》のことくわしいと思うた……」

「その紅梅亭が潰れたんで、おせきさんも、『小松』へ奉公に出るようになったのや」

「待、待ってんか。そんならあれがおせきの親の、源助はんかッ？」

「そや。いわば親子で喧嘩したんやがな」

あはははと笑いかけて、ハッとした。

「そうか。えらい事をした……」

うだる真夏のまる二日、留置場の暑さも手伝ってはいたろうが、別人のようにゲッソリと肩を落として俯向いている。口吻《くち》や態度では悪足《ひも》ぶっていて、真実《ほんとう》はおせきにこうも打ち込んでいたのかと、このまんざい師の真の素顔を見たようで、由松はホロリとした。

その時、ゴロスケが慌しく上がって来た。

「捜したぜ、捜したぜ。ああしんど……」

息をぜいぜいさせ、やがて容《かたち》をあらため、

「へへッ、北の方様よりのお使いでござりまする」

と、懐をさぐっていたが、

「小米はんが来やはったら渡してくれと、席亭《こや》の裏木戸へ、昨日から預けてあったんや」

ようやく、皺になった状袋を差し出した。

（おせきの手紙……）

小米の顔色がサッと変った。只事でないのが分るのだ。字の書けないのを卑下して、何年にもただの一度、手紙で用を足した事のないおせきだったから……。

こぼれ松葉のような字が、不揃いに、

——できたことはしょうがありません。私は親へもせけんへも、大阪にいてあなたと一しょに行けないぎりがでけました。私のことはあきらめなさい。一日もはやくエンタツ・アチャコみたいな、えらい漫才さんにおなり下さい。かげながらいのります。せきより。小米はん——

大阪にいられれぬ義理……。真実の親を傷つけた自分へ、娘としての抗議なのだろう。小米は黙って腕を拱《く》んだ。

由松は「小松《みせ》」へ帰って、朋輩、仲居たちからくわしい話を聞くことが出来た。源助は年甲斐もない酒の上の喧嘩というので女夫《めようと》ぜんざいを馘首《くび》になった。そのうえ法善寺界隈に、今度の噂がパッと立ち、しぜんおせきも「小松《みせ》」で働くのは面はゆかった。源助を連れて他国に行って働くと、主人や朋輩、心易くした宗純へも、そう挨拶して行ったという……。

由松は、宗純がもっとガッカリしているかと思いのほか、ケロリとしているのが不思議なくらいだった。
　撤扮飾清髪　ふんしょくをてっしてかみきよらか
　梅花永馥郁　ばいかとこしえにふくいくたり
目の前からおせきの姿が去ったことは、かえって宗純の心を晴々とさせた。やがて花咲く春も廻って来よう。今更ながら籤文のあらたかさ、宗純は何度も神籤を取り出しては、押しいただいた。

十銭漫才

「しっかりしんか、小米やん！　お前《ま》はん、いつから泣上戸に宗旨変えしたんや」

もう三、四軒、小米は酔わぬ酒をしたたか呷った。

「見てくれ、由しやん。この手紙や」

「分かった分かった。もう何遍も見た」

「もっと見てくれ。仮名を拾うた釘の折れみたいな字の中に、まんざいとも書きよらんと、漫才ちゅう字だけ知っていよった。何でや？　何でやと思う？……」

無理にひっかけた二杯の泡盛に、ともすれば足をとられがちである。

「エンタツ・アチャコみないな、偉い漫才さんになってくれ、か。ヨシ、なったる！　俺かていつまで十銭漫才でいるもんけえ。なったら誰が喜んでくれる？　おせき、お前喜んでくれるか……？」

由松は、引き摺られながら歩いていた。千日前の裏通りであった。

中座の楽屋口に黒山のように人が溢れて、その人垣の隙間から、自動車のライトがキラリと光る。辷《すべ》るようにキャデラックが動き出した。裏木戸に並んだ頭が、一斉にお辞儀をした。

「お、菊五郎やわ」

「音羽屋はん、写真より若いわなあ」

「そら、湯上りの薄化粧やもん」

若い娘が三、四人、自動車へ小走りについて来た。

よろめいていた小米と由松に、嘲笑《あざわら》うような警笛を残して、自動車は駛《はし》り去った。

「何じゃい、菊五郎が何じゃい！」

小米が、ヘッド・ライトへ怒鳴りつけた。

「そうや、菊五郎が何や。同《おん》なし人間やないか。ナア小米はん」

「菊五郎が何じゃい。衣裳のええのん着て、木戸銭高う取りゃこそ六代目やが、十銭の木戸取ったら十銭の芸にしか見えへんのんじゃ！　音羽屋もへったくれもあるもんかい！」

由松は、思わず小米の顔をじっと見上げた。

（そうか！　あの晩の男はお前やったのか）

と、言おうとしたが、小米は溢れる涙で頰を光らせながら、

「十銭漫才と尾上菊五郎か。大した違いはないやないか。大した違いは……、なあ、おせき！……」

調子ッ外れな声で、喚きつづけていた。十銭漫才と、自分に立った看板を「鏡獅子」の絢爛《けんらん》たる絵看板の前におっ立て、

（様見《ざまみ》さらせ！）

と、わずかに鬱憤《うっぷん》を晴らしていたのか、と由松はもう何も言えなかった。

それから、一時間も経ったであろうか。

ぐでんに酔った由松と小米が本山医院と書いた琺瑯《ほうろう》看板を高く差し上げ、胸をはだけて歩いていた。今しがた葬儀屋益々社の看板を外して本山医院の軒に立てかけ、本山の看板

をいずこともなく運ぶのである。

「ヨイヤサのコラサのヨイヨイ」

「ヨイヤサのコラサの……」

今夜は小米が先に立ち、由松が後から声を揃え、やがて二人は、千日前の通りを法善寺の前へ出て来た。

山門はもう固く閉ざされ、キャバレー赤玉のネオンの風車も、とっくにその光りを消していた。

粕汁

一

良吉《りようきち》は、ついに父の顔を知らなかった。良吉の生れた時、父の房之助《ふさのすけ》は、すでに良吉と一緒にいなかったのである。

大阪で、西宮の神谷伊兵衛《かみやいへえ》と言えば、有名な辰馬《たつうま》のながれをくむ一流の酒造家だった。房之助はその家の三男に生れ、大阪曾根崎新地に白壁の土蔵《くら》のある大きな酒問屋「金喜《かねき》」へ、一人娘のお藤《ふじ》の婿養子に行ったが、小心で律儀な、それでいてぼんぼん育ちの、きかぬ気のある性質は、剛愎一徹《ごうふくいってつ》のお藤の父金作《きんさく》と折り合わず、二年目に西宮の実家へ帰った。それから半年して、お藤は男の子を生んだ。それが良吉である。

良吉は、生れぬ先に別れた父についてはもとより何の記憶も持たなかったが、西宮の祖父、すなわち房之助の父の伊兵衛にはたった一度だけ、頭を撫でてもらったのをおぼえていた。それは良吉が五つくらいの時で、初春の十日戎《えびす》の日、西宮の蛭子《えびす》神社のごったがえす人波の中であった。

生れるときから父のない良吉は、物ごころつくと、そのことで母のお藤を苦しめた。

「僕、お父つぁんあらへんの……」

と責められると、父は西宮の実家へ帰ったとは、あからさまに言いかねて、お藤はそのたびに胸が潰れた。そんな時には、祖母のお妙《たえ》が見かねて、傍から、

「あんたのお父つぁんは、西宮の蛭子尊《えべす》さんだっせ……」

といった。何故《なんで》、木でこしらえた蛭子尊さんがお父つぁんなのやら、得心の行かないなりに、良吉はコックリコックリ頷いた。それを見ると母も祖母も、良吉の小さな肩を緊《きつ》く抱いて涙を流した。

お妙は、毎年十日戎には、必ず良吉を連れて西宮の蛭子神社に詣った。笹に吉兆の小宝を結んで、福を貰いに集る人の群の中で、お妙だけは、もしやこの西宮に帰っている房之助に逢いはせぬかと、眼を皿のようにして歩いた。

（ひょっとして、蛭子尊さんやない真実《ほんま》の父親に逢わしてやることが出来《でけ》たら……）と思った。

公然《おもてむき》、房之助に会わせたのでは、一徹な祖父の金作が黙ってはいまいが、偶然に逢ったのなら、誰も何とも言うまい、と、そのことを蛭子尊さんに祈った。その十日戎の雑沓の中から、

「おお、お妙はんやないか……？」

と呼びとめられて、お妙はハッとした。それが房之助の実父の伊兵衛であった。

幼い良吉に、二人の話は、もとより分ろう筈はなかったが、人の波に押し流されながらも、かわるがわる自分の顔を見ては、溢れでる涙で頬を光らせている二人を、子供心にまじまじ見上げていたことや、

「この子は、蛭子《えべす》さんを父親やと思い込んでます。それが不愍《ふびん》で、いじらしゅうて……」

と、お妙が眼を押えると、伊兵衛が、

「ああ、浮世の義理ちゅうもんさえないなら、このまま抱いて帰って、滅多に離す事《こ》っちゃない……」

声を詰らせながら、何遍も飽かずに頭を撫でたことや、やがて鳥居の前まで押されてで

た時、与市兵衛みたいな財布の中から五円紙幣《さつ》を取り出して、
「こんなことと知ったら、もっと用意して来るのやったのに……。これで飴でも買うて貰いや……」
と握らせた手を、いつまでも放そうとしなかったことや、二人が辻を曲るまで伸び上り伸び上り見送っていた伊兵衛の姿などを、朧気《おぼろげ》ながら覚えている。もう、二十五年もの、遠い昔の記憶であった。

二

良吉は、母のお藤についても、きわめて短い記憶しか持っていなかった。そのうちで、忘れられないのは、こぼれ梅による母の追憶であった。

良吉がまだ、幼稚園へ上がっていない頃のことである。

あたたかい早春の陽射《ひざし》のいっぱいに当たる縁側で、良吉は、祖母が紙に包んでくれたこぼれ梅を、小さな指で一摘みずつ楽しむように食べていた。

こぼれ梅――、関西で、味醂《みりん》の搾り粕のことを、そう称《なづ》ける。そぼろで、淡白《しろ》く、芳醇

な匂いは、その名の通り、枝をこぼれた白梅の花びらを想わせる。その時分は、酒屋から顧客先へのお歳暮は、酒の粕とこぼれ梅を持って行くのが常式《おきまり》だった。ほろッと甘いこぼれ梅の舌触りは、子供の口にも親しめた。良吉はゆっくりゆっくり、陽溜りの縁側で、それを食べていた。

良吉は、その日ほど美しい母を見たことはなかった。父が実家に帰ってからは、滅多に外出着《そとぎ》さえ手を通さなかった母が、その日にかぎって眼立たぬ中にも美しく着て、ほんのり白く粧《よそお》った顔は、子供心にも眼を瞠らせた。母は、胸の切なくなるような甘い仄かな匂いを漂わせながら、良吉が膝に溢《こぼ》したこぼれ梅を、一粒ずつ拾ってくれた。良吉は、その日の母を思いだすたびに、久留米絣の膝に散った淡白いこぼれ梅が眼に泛ぶ。お藤は、良吉の膝に手を置いたまま、声を潤ませて、

「お母ちゃんは、お用達《つかい》に行て来ます。あんたは、お祖母《ばあ》ちゃんの言いつけを、よう肯《き》いて、おとなしゅうするのだっせ……」

伏せた眼から涙が溢れて落ちそうで、良吉の顔が真正面《まとも》に見られなかった。そしてお妙に、

「そんなら、どうぞ、坊《ぼん》のことを……」

と言いさし、両手を突いて俯いた。

「もう行きなはるか……？」

お妙も曇った声で、

「あんたも、房《ふさ》はんも、さぞ、坊《ぼん》を連れて行きたいやろ。けど、それでは後で、円《まる》う納まる話も納まらんようになる。晴れて親子三人暮せる日を楽しみに、ここは辛いやろけど辛抱しなはれ……」

と言って、顔を反向けて泣いた。

人力車の幌を下し、人眼を忍ぶようにしてお藤は家を出た。ほんの一足違いで金作が戻って来た時には、お藤はあやうく家を出た後であった。

若く美しいお藤であったから、二度目の嫁の口は降るほどあった。が、お藤は病気を遁《いい》口上《たて》にして肯かなかった。それだけに、駈け落ちのことを知ると金作は、

（おのれ、房之助めが唆《そその》かしくさって……）

と、腸《はらわた》の煮えくり返る思いであった。その日に西宮へ人をやって厳談させ、房之助の行先を問いたださせた。房之助の落ち着く先は、ただ一人、次兄の玄次郎《げんじろう》が知っていただけで、玄次郎が口を開かぬ以上、伊兵衛も知らなかった。使いの者が空しく帰ると金作は、

（よしッ、隠すなら隠せ。草の根を分けても捜しだして、娘は引き戻すねんさかい）

と、血眼になった。が、ついに消息は知れなかった。

しかし、二人の駈け落ちは、あながち房之助が唆したのではなかった。二人は、いつかは金作の心も折れ、仲へ入る人もできようと待っているうちに、四年経ち、五年経った。二人はだんだん焦りだした。それを見て、

「この上は、いっそ二人が一時姿を隠したら、金作《おじいさん》も我を折るのやないやろか！」

と、それはかえってお妙が娘に智恵をつけ、房之助はそれに引き摺られたと言ってもよかった。

世を忍ぶ二人は、落ち着く先を顔見知りのない東京に求め、房之助は生計《たつき》のために酒問屋に勤めた。と言っても紹介者さえない普通の奉公人で、まず釘木削りからはじめねばならなかった。酒樽には釘を一切用いず、釘木を用いる。この釘木を削るのである。木場の材木屋から、椹《さわら》の小割を買い出してきて削るのだが、馴れなければなかなか削れるものではない。房之助は腹からの酒造業《つくりざかや》だが、もとより釘木を削るような雇人ではなかった。へたな小学生の鉛筆削りほど屑をだしては、贅六《ぜいろく》贅六と嗤《わら》われた。

その辛抱がしきれずに、南新川の酒問屋を、房之助は半年で飛び出してしまった。

三

酒屋に生れて酒屋に育ち、酒を扱うことのほか、手に何の職もない房之助である。お藤とてもその通りだった。たちまち生活は窮迫を告げた。その挙句ようやく考えついたのは、夫婦《ふたり》で屋台車をひき、夜毎に粕汁を売り歩くことである。酒を離れては、何も考えつけなかった。材料にする酒の粕は、実家の兄の玄次郎が、父の伊兵衛にも内密で、ひそかに送りつづけてくれた。

来る日も来る日も、血のにじむような日が夫婦《ふたり》につづいた。洲崎、吉原帰りの客をねらい、身を裂くような霜の夜、雪の夜を徹して辛い苦しい憂き目を忍んだが、何の恵まれるところもなかった。夜明けの光が淡くさす屋台車の行燈を、霰《あられ》が音たてててたたく頃、鍋のなかを覗いては溜息をつく暁がつづき、半分以上も売れ残った荷をトボトボ曳いて帰る朝がつづいた。

売れ残った粕汁は、捨てるより仕方がなかった。夫婦《ふたり》にとっては、酒の粕に対する強い神聖感というものが離れず、売れ残った粕汁を捨てるのが、夜風に身を切られるよりつらかった。殊にその粕は、房之助にとって忘れ難い思い出のまつわる清酒「日本海」の粕なので、尚更だった。

思えば房之助が、まだお藤の婿養子に行かない以前のことで、神谷の店から新酒「日本海」を売りだしたのは、明治三十八年、日露戦争の直後であった。

新酒の発売に当って、特に慎重に考慮されるのは、樽印、即ち商標の選定である。一度決定した樽印を附けて発売した以上、店の信用にかけても変更はできなかった。殊に当時は国をあげて戦捷《せんしょう》祝賀の真直中、新酒発売にはこの上なしの絶好期だけに、新しい樽印は乗るか反るかの境目で、神谷の家では、ああでもない、こうでもないと万全を期して協議が毎日くりかえされた。

その時、房之助は、全日本の感激新たな東郷提督の偉勲を偲ぶ「日本海」の名称に着想し、旗艦三笠の檣頭に翻るZ一旒に、逆巻く怒濤を配した下絵から「感褒《かんほう》」の詩句まで入念に書いて、ひそかに伊兵衛の机の上においた。「感褒」というのは、樽印の左側に二、三行、朱色で漢詩か和歌か、時には俳句などでその酒を礼讃するもので、これが最も難しい。房之助は、それを、

旭日昇天君子国　瑞気発揚此一杯

此一戦を利かして、素人離れがしていた。

「うむ。『日本海』とは、大きいぞ！」

伊兵衛は一眼見ると、相好を崩して膝を叩いた。図柄も「感褒」も申し分ない。

「よう出来た！　誰の考えや？　こりゃ当たるぞ！……」

「日本海」は果して発売と同時に非常な評判で、たちまち一流の流行児《はやりっこ》にのし上った。神谷の家も、この時分が絶頂であった。

房之助が粕汁に使ったのは、その「日本海」の粕であった。最初、玄次郎から送ってくれた酒の粕を一口味って見て、房之助にはそれが「日本海」だと直ぐに分った。

（昔は、自分が名づけた『日本海』の、その搾り粕で露命をつながねばならんようになったか……）

と思うと、何とも言えぬ寂しい気持だった。それでも、露命をつなげる間はまだよかった。

ある朝、雪解けの水が音たてて流れる溝へ、顔をそむけながら、売れ残った粕汁を捨てている時である。

「何んさらすのやッ、この罰当たり奴《め》がッ！」

烈しく首筋へ平手打ちを三つ四つ食って、房之助は鍋を取り落とした。氷った板石の上で鍋は真ッ二つに破れた。ハッとして振り返ると、思い掛けない金作が、苦りきって突っ立っていた。

「房！　粕という字は白米と同じやぞ。お前も酒屋の伜なら、こんな罰当たりな真似はできん筈や。そんなド性根やさかい、一生うだつが上らんのや！」

どこからどう足をつけたか、東京まで追手にきた以上、今さら弁解など聞く金作ではない。その場から、生木を割くようにして、娘を引ったてて連れ帰った。

大阪へ帰ると金作は、浜寺の隠居所へお藤を押し籠めるようにして自分で監視した。せめて良吉と一緒に置いてやりたいと、極力お妙がとりなしたが、

「良吉は大切な跡取りや。こんないたずら女《もの》と一緒には置けん。良吉に会うことは許さん！」

と、強くかぶりを振った。が、それから半年ほどして、過労と心配が嵩じて、お藤がドッと床についてからは、さすがに張り詰めた意地も折れ、お妙が良吉を連れて見舞いに来るのにも、見て見ぬ振りをした。

良吉はお妙に手をひかれて、南海電車を浜寺まで乗り、磯馴松《いそなれまつ》の並木を抜けて、母に会

いに行った。母は、以前より言葉も笑顔もズッと少い、寂しい人になっていた。良吉は、あのこぼれ梅と共に思いだす美しい母と、やつれ果てたその母と、どうしても同じ人でないように思われ、お妙にそれを訊ねて叱られたことがあった。

医師がいよいよ危篤を告げる二日前、金作は誰にも告げずに西宮へ行って、跨ぎにくい神谷の家の閾《しきい》を跨いだ。そして、こんな事は言えた義理ではないが、せめて娘の臨終に房之助を立ち会わせて貰えまいかと、金作は畳に手を突いて頼んだ。伊兵衛は、始終黙々と金作の口上を聞いていたが、つと立って仏壇へ燈明をあげてから、

「房之助《あいつ》も運の悪い奴で、一足先きにこんな姿になりました……」

と、まだ木の香の新しい位牌を取り出して前へおいた。そして、願わぬことだが、もしお藤さんに万一のことがあったら、戒名は知らせて欲しい。せめて位牌だけは並べて祀ってやりたいから、と言った。

それから中二日おいて、いよいよ臨終の迫った時、金作は娘の耳に口をあてて、西宮へ房之助を迎えに行った様子を言葉短く語り、

「房之助は先きへ行って、蓮の台《うてな》の半座を分けて、お前の来るのんを待っていよる」

喚くような大声で、怒鳴った。

お藤は、さも嬉しそうに莞爾《にっ》と笑って、

「おほけに……」

と一言もらすように言ったまま、眠るように落ち入った。

「私《わて》は、あの娘の一生のうちで、一番綺麗な顔を、その時の笑顔ではじめて見た」

と、お妙は今見るように瞼を合わせて言う。

良吉の許へおはまが嫁に来てからは、お妙の話相手は主としておはまになった。お妙は、お藤の思い出のさまざまを語って、涙にくれながら、

「良吉は親の縁の薄い子でなあ。長い間私《わて》が母親の役をして来ました。けど私の役ももう済んだ。これからは、あんたが母親になってやって貰わんならん。甘えさせて育てたさかい、意地ッ張りの、そのくせ気の弱い、し難《にく》い子やけど、頼んまっせ」

と言って結ぶのだった。おはまは老人の心を労わるように、優しく眸《め》で笑ってうなずいた。

四

おはまは二十一で嫁に来て、六年間子供が生れなかった。良吉は、夫婦の間に子供はできないものと、半ば諦めていた。そこへ、授かったように女の子が生れたが、素通りした仕合せみたいに、去年の秋ひょっくりと死んだ。まるで良吉に、父親《てておや》の心持ちというものはどんなものかを、味わわせるために来たような娘であった。

「死んだ子に教えられて、浅瀬を渡る譬やが、一遍、西宮にある筈の父親の墓に詣りたいと思う……」

と良吉が言うと、おはまは良人《おっと》の心持ちを思いやって、ホロリと頷いた。

父の墓参を思いたった夫婦《ふたり》は、その翌る日、西宮に来ると、まず蛭子神社の社務所で神谷の家を訊ねた。なぜ、蛭子神社で訊ねたのかと言えば、昔、その境内で伊兵衛に頭を撫でられたこと、幼心に蛭子尊《えびす》さんを父だと思い込んでいたことが、そんな親しさを感じさせるのだった。かつては西宮では屈指の旧家として聞えていただけに、神谷家のことは社務所でもよく知っていたが、思いがけないことに、

「あれだけ大きいお家《うち》だしたが、現在では絶家しなはって……」

跡が絶えていると、その白髯の神官は、気の毒そうに言った。どういう事情で絶家したか、くわしいことは分らなかったが、ただ次男の玄次郎という人だけが、鎗屋町辺に、それも非常に逼塞《ひっそく》して暮しているらしいことだけを知ることができた。

玄次郎——父母の東京に於ける窮迫時代に、酒の粕を送りつづけてくれたという、懐かしい伯父である。その人だけでも健在と聞いて、良吉はホッとおはまと顔を見合わせた。

神官が教えてくれた鎗屋町というのは、西宮市もズッと海沿いの、ゴミゴミした工場地帯であった。おはまが二、三軒の煙草屋で朝日を買ったり、あやめを買ったりして訊ね、ようやく玄次郎の家をさがし当てた。

浅い軒下に貼った古名刺が雨のあとを滲ませ、酒造仲買人と印刷した肩書が棒を引いて消してあった。店が潰れてからは、酒の仲買などしていたらしい。貼りつけた飯粒が風に剝がれて、カサカサと軒で名刺が舂らしくない音をたてた。

おはまは、立てつけの悪い格子を開けた。煤けた暗い障子の向うで、何か手内職でもしていたか、前垂の木屑を叩き、頭髪の禿上がった六十がらみの男が、ボソボソと手を擦りながら顔をだした。そして、何となく此方《こっち》を透して見ていたが、しばらくすると、その瞳がじっと凝《みつ》めるように動かなくなった。

「突然ですが、私は……」

良吉が慇懃《いんぎん》に言いかけると、その男は急に両手を高くあげ、

「何も、何も言わいでもええ……」

その手でオロオロと押えるようにし、

「何も言わいでも、よう分ってる……」

と半分言っただけで、たちまち表情を硬ばらせ、ポタポタと涙をこぼしながら、

「顔見ただけで……。顔見ただけで、分ってる……」

喘ぐように言い、強く前垂れを顔に押しあてて横を向いた。

おはまも、思わず良吉の軀を揺ぶるように、

「分りまへんか？　あんたには分りまへんか？　あんたの、あんたの……」

伯父さんですよ！　と言おうとしたが言葉にならず、突き上げて来る嗚咽に負けて、薄暗い上り框《がまち》に蹲ってしまった。

（そうか。似ているのか……。肉親というものは、そんなにも似るものなのか……）

良吉も泣きたいように胸が迫りながら、頭だけが妙に冴えて、ポツンと二人を見下した

まま突っ立っていた。

五

墓は、寺町の宗恩寺にあった。

神谷伊兵衛翁之墓、と彫った自然石の石碑を中心に、十基あまりの、祖先や親族の墓が取り囲んでいた。伊兵衛の死後間もなく、投機事業に手を出してあたら旧家を潰したという長男の墓とならんで、頓證明覺信士——小ぢんまりとした房之助の墓があった。良吉とおはまは、長いこと墓の前に蹲って拝んだ。

夫婦を案内して来た玄次郎は、その間姿を見せなかった。墓参を済ますと、客間に通されて茶菓がでた。そこへ玄次郎が帰ってきた。

「土産に、酒の粕を少し持って帰ってもらおうと思うてなあ……」

提げてきた風呂敷包を、二人の間にドシッと置いて、

「好きか嫌いか知らんけど、この酒の粕だけは味うて食べて貰いたい。あんたの両親が苦労をした『日本海』の粕やさかい……」

と、しんみりした調子で、

「その『日本海』という名称《なまえ》も、もう現在《いま》では消えてしもうた。店も、工場も、宮水も、醸造法まで昔の通りやが、一切合財他人の手に渡って、酒の名称も、樽印も変ってしもうた……」

たった一人の神谷家の血統でありながら、指を咬えて見ていねばならない無力な自分をみつめるように、玄次郎は寂しく言った。やがて思い出したように、

「房之助の遺品《かたみ》がたった一つ残っていた。誰よりも、あんたに持って貰えば喜ぶやろ」

と取り出したのは、一枚の下絵で、

「これは房之助が最後に描いた樽印や」

と、良吉の前へ置いた。

それには、巧者な行書で「万葉」と達筆に書いてあった。構図は磯馴松の浜辺を今しも出発しようとする一艘の帆船で、船には往昔《むかし》の軍装をした防人、すなわち西国の海辺を守る兵たちの姿を描き、

住の江をさきもり船のいで征《ゆ》くと　みな奉るしらたまの酒

と、「感褒」の和歌が添えてあった。

「この樽印は、東京で房之助の葬いをだした時、床の下からでてきたものや。たとい落魄《おちぶ》れて粕汁は売っていても、さすがに腹からの酒造業《つくりざかや》や。もう一度『日本海』のような当たりをとりたいと、新しい樽印を考えていよったのや……」

しかし、その樽印はついに世にでる機会がなかった。房之助夫婦の後を追うように伊兵衛が死ぬと、間もなく神谷の家が没落の一途を辿ったためである。

「房之助も、それだけは心残りやろ」

良吉は、酒の樽印としては思いきった「万葉」という名称や、防人の出征に材をとった珍らしい構図をじっと眺めながら、ふと、病軀を鞭《むちう》ってその下絵を描いている父の姿を思いやった。

父の死んだのは、青島《チンタオ》戦争の最中だったそうである。戦捷に酔う鬨《とき》の声や、雄々しい出征の歓呼の声が、前途に何の光明もなく呻吟する父の胸を掻毟《かきむし》ったことだろう。恐らく父は、生きて甲斐ない命を一発の弾丸ともなって、敵地に散華したい心持ちだったに違いない。その遺瀬《やるせ》ない憧れが、父を病床に起き直らせて、せめて一枚の樽印に心の丈けを打ち込ませたことであろう。

良吉は、すみの江をの歌が万葉集の何巻のどこにある歌なのかは知らなかった。が、それはきっと、数ある防人の歌の中でも、父が特に愛唱したものに違いないであろうと思った。酒の樽印に「日本海」を選び「万葉」を選んだ父……。良吉は、祖母からも玄次郎からも聞くことのできなかった父の心の情熱に自分だけは触れられたような気がした。

寺の庭は、もう芝生のあたりから暮れて、本堂に、夕勤行の読経の声が聞えていた。

その後、玄次郎は毎年酒の粕を送ってきた。大阪へ出たついでや……と、わざわざ届けに寄って、陶然と酔って帰ることもあった。

「酒の粕を持って来て、ほんものの酒をよばれては済まんなあ……」

そんな時、玄次郎はただ一人の甥の肩を叩いて、上機嫌であった。

六

今事変《こん》が、聖戦三年を迎えた秋、多田良吉は召されて北支戦線への征旅《せいりょ》に就いた。そして、幾度かの熱戦を重ねて、揚子江沿岸の重要な敵の拠点を奪取した頃は、良吉も歩兵一等兵の軍装が身につくようになっていた。

一生懸命に、立働いている良吉へ、

「おい、粕汁はまだか？　早くせんと間に合わんぞ！」

と、一人の兵が大きな声で怒鳴った。

「うん、もう直ぐだ」

縄切れを、たわしの代りにして水をひたし、大きな鍋をゴシゴシ洗っていた良吉は、それに応えた。

敵は前線に相当の兵力を充実したらしく、前夜来、とみに砲銃声が熾《さか》んになり、待機中だった良吉の隊は、はや昨夜のうちにも命令一下する気勢であった。既に兵たちは身のまわりを整理し、宿舎の中も整頓していた。したがって再び内地からの便りには接しられぬと覚悟していた良吉の許へ、半ば奇蹟のように、おはまからの荷物が届いた。中身は戦線に珍らしい酒の粕で、それが思いがけない妻からの最後の贐《はなむ》けであった。今年も、玄次郎から「日本海」の粕が届いたと見える。

「只今届いた酒の粕で、粕汁をこさえます。皆一杯ずつでも食べて下さい」

と良吉が言うと、

「おお、今生の思い出に、粕汁が食べられるとは有難い。オイ、誰か大きな鍋を捜して来い！」

粕汁の味に親しみをもつ関西出の若い分隊長が、眼も鼻もなくして怒鳴った。七人の兵が手分けして、どこからともなく大小いろんな鍋を持ち込んで来た中の、一番大きい鍋であった。


良吉が、鍋を洗い終って腰を叩いているところへ、

「釣れた釣れたッ、鯉だぞ、鯉だぞ！」

と、一人の兵が水を滴らせながら、ニコニコ走ってきた。

「粕汁には、魚が入らにゃいかんだろう？　何が懸るかわからんが、釣って来る」

と、釣自慢の彼が一時間ほどかかって、鯉を釣りあげて来たのである。


わずかに塩と醬油のほか、味のつけようもなかったが、鍋の中がブツブツ煮立ってくると、良質の粕に特有の芳醇な匂いを一面に漂わせ、みんなはもう、各自に飯盒《はんごう》の蓋を持って鍋の周りに集り、唾をため咽喉を鳴らして、箸をカチャカチャ音させた。


さしもの大鍋に溢れた粕汁も、八人の休む間もない舌鼓に取り囲まれては、それこそ瞬くうちである。火加減も丁度よく、本当の味のでる頃には、もう鍋底を掠《かす》る音がする。酒に弱い分隊長は眼の縁を赤くして、陶然と、

「オイ、多田。こんな旨い粕汁は、俺、はじめてやぞ！」

と、大きな声で良吉に言った。

「そうでありますか。それはよかったですなあ」

「遠慮せずにお前も、食え、食え！」

「ハイ……」

良吉が、もう底の出た鍋の中をソッと眺めた時である。

「オッ、来た！　来たぞ！」

分隊長が跳ね起きた。飛燕のように、各隊を駈けまわる伝令の姿が見える。あたりに緊張がサッと流れて、鍋を蹴飛して皆立ち上った。勇躍のざわめきが近く遠く、各隊一斉にわき起った。いよいよ、行動開始の発令である。

良吉は、思わずその鍋の底へ眸《め》を伏せて、

（有難う、おはま――。お前の心尽しは、最後に戦友の腹の底を温める一椀の羹《あつもの》となったぞ！）

よく間に合った……と、熱く瞼を合わすと、仄々として妻の顔、母の顔、そしてあの「万葉」の樽印を描いている父の姿が泛びあがった。

「我等は　陛下の股肱《ここう》なり！」

突然、分隊長の勇躍と昂奮が、抑え難い声となって、瞑想を劈《つんざ》いた。兵達も、凛然として奉唱した。

「我等は　陛下の股肱なり！」

「七生以って　皇恩に報ぜん！」

「七生以って　皇恩に……」

戦友と共に、高らかに奉唱する時、父が、母が、あの数々の、数奇の運命になやんだ祖先の墓の一つ一つが、共に唱和し、共に明るく自分を見送る姿を、良吉は嘘空の中にハッキリ見た。

一人戦死すれば、九族天に生ず……

良吉は堅くそう信じ、心に誓い、祖先の墓を背負って死のうと、しっかり足を踏みしめた。

最後の伝令

菊　畑

（あッ、肩だ……）

　そうだ、肩がいけないのだ——と気がついて、珊次郎《さんじろう》はハッとした。揚幕の中で自分の出るキッカケを待ちながら、そこに備えつけの大鏡にうつった自分の後姿を見て、はじめてそう思った。

　舞台の芝居は牛若丸の「菊畑」で、珊次郎の役は腰元であった。粗い紫の矢絣に、黒繻《くろじゅ》子《す》の帯をキッと立矢の字にしめているが、肩が、強くいかつく男をまる出しに張っているのだ。

（無理もねえや。二年あまりというもの、重い背嚢《はいのう》、灼けつく銃身に、脹れ上り、爛《ただ》れ、すり剝けて、その上へいかつく盛り上がった肩だもの。これでも、いわば、国の安危《あんき》を担った肩だ……）

築地座の若い女形、市川珊次郎は帰還兵であった。

以前は、肩ぶとんをあてないで衣裳を着ても、スラリとした撫肩の、女らしい珊次郎であった。それを戰線を転戦した二ケ年の歳月と、辛苦が、見違えるように逞しく、男らしい肩幅にしてしまったのである。しかも珊次郎の今度の役は、大役である。腰元は腰元でも、音羽屋の皆鶴姫、たちばな屋の牛若丸、播磨屋の喜三太と並んだ中へ、

「申し上げます。只今、清盛公のお使者として笠原湛海さま、お越しあそばされまして御座ります……」

と、花道で科白《せりふ》のある目立った役で、まだ名題下《なだいした》の珊次郎として、破格の抜擢である。それというのも、彼としては帰還後の初の舞台というので、音羽屋や播磨屋が口ぞえをし、就中《なかんづく》、江戸ッ子気質のたちばな屋などは、お手のものの七五調で、

「役者でこそあれ珊次郎は、弾丸雨飛《だんがんうひ》を物ともせず、命を鴻毛《こうもう》の軽きにたぐえ、国を護った帰還の勇士だ。みんなで彼奴《あいつ》を、護らにゃならねえ」

と台詞《せりふ》のように言ったあとで、

「とかく役者は軟弱で、つぶしの利かねえように言われるが、珊次郎は立派にその偏見を覆してくれた。たとえて言えば泥中の蓮《はちす》だ。蓮というのは蓮根のことだぞ」

と言った。が、ややあって気がつき、

「というと、さしづめ俺達は、泥中の大根かな……」

と、みじかい顎を撫でて苦笑した。そうした経緯《いきさつ》で、珊次郎の抜擢は芝居道の久しき因習を超越して行われた。平常《ふだん》なら下級俳優の抜擢など「べつに、それで見物がふえるというわけでもなし……」と見向きもしない劇場側まで大乗気になり、演芸新聞へまで働きかけ、「帰還勇士の抜擢」の記事までかかげて宣伝した。

珊次郎は、涙をながして感激した。二年間、戦線をへめぐったというだけで、さしたる勲功もなく、そのうえ病いのために後送された武運拙い自分なのに、周囲の人々はこんなに労《いた》わりの手をさしのべてくれる。国をあげての聖戦は、人情紙よりも薄いという芝居道の面貌をも、こうまで変えてしまったかと、胸が迫った。

珊次郎が二年ぶりに帰還して、何よりも驚いたのは、あんなに華美を競った劇場の内外が、すっかり質素な表情に革《あらた》まったことである。春風にひるがえった役者の定紋入りの櫓《やぐら》下《した》や小旗も姿を消し、夜は、ちょうどその時、電力消費節減の時期だったが、あの不夜城のようだったのがアーク燈一つになり、ここで芝居をしているのかと、うたがいたいほどだった。表構えばかりではない。昼の一時から夜の十一時まで開演されていたのが、五時から九時半までに短縮され、花柳界を頼みにした組見《れんちゆう》も次第に影を薄め、食堂では弁当持参の客のために茶を用意して待つようになっていた。こうして、劇場には心から正しい慰安を求める客だけが集まり、俳優たちもまじめに芝居と取り組んで生活していた。

戦争しているのは、決して前線の将兵だけではない——。珊次郎は心からそう思った。

それにつけても、今度の優遇には、立派な演技でこたえねばならない。それともう一つ、門閥だけがものをいう歌舞伎の門戸が、帰還兵士というだけで、下積みの自分の手で開かれようとしている。もしここで失敗したら、「矢張り無名の抜擢は考えものだ」と、門扉はいっそうかたく閉されよう。是が非でも勝たねばならない戦《いくさ》であった。初日の日、サッと揚幕があいた時、珊次郎は眼の前にひらけるフットライトの花道に、ふと、烈日の下の長い長い突撃路を想いうかべた。

初日は我ながら不出来であった。第一、衣裳がしっくり軀に合わない感じだった。果して、率直な音羽屋がニヤリと笑って、

「珊次郎。お前《めえ》、娘になるコツを忘れたんだナ？」

（あ、いけない！）

珊次郎は、ヒヤッとした。それもその筈、衣裳をつけて鬘《かつら》をかぶれば、あの、湧然と仄めいで来る女心が、なぜかすこしも湧き上って来ないのである。衣裳の寸法も変えてみた。鬘の加減も工夫してみた。が、いけない。

訊ねに行けば、「それぐらいの事あ、手前《てめえ》で考えろッ」と言うにきまっている音羽屋である。珊次郎は、焦々した。二日目、三日目は夢中だった。そして、四日目の今日である。

（肩だッ！　てんでこりゃあ男の肩だ……）

気がついて肩を落とそうとすると、軀全体が固くなる。いよいよいけない。その時、

「珊次郎。もう娘役の軀じゃねぇぜ。これを機会に男役《たちやく》を修業しなよ。お前は立派な帰還兵だ。言わば男の中の男じゃないか！」

笠原湛海に扮した小松屋が、鏡の中へ声をかけた。珊次郎は、肩を気にしながら揚幕を出た。と、そこここに拍手が起り、

（あ、あれが帰還兵士の珊次郎よ……）

と、軽いざわめきが耳にはいった。珊次郎は余計にぼーっとなった。

肩に気をとられていた珊次郎は、その日、花道の真ン中で、清盛と頼朝とをとりちがえた。これでは、敵と見方に区別《けじめ》がつかない。穴も穴、大穴をあけてしまった。

「申し上げます。頼朝公のお使者として……」

吃驚《びっくり》して、ドギマギ言いなおした。

「いえ、あの、清盛公の……」

軀中、一度にビッショリ汗が流れた。

男役

「男役《たちやく》？　いいじゃねぇか。今どき、私は女形《おやま》専門で男にはなれませんなんて、見得にも晴れにもならねえぜ。演《や》んなよ演んなよ……」

かつての名女形《おやま》市川珊瑚郎《さんごろう》は、中風の上に老衰して、西日がクワッと射す二階借りの、ひどい世話場に住んでいた。ぶるぶる顫える煙管《きせる》の火皿《ひざら》へ、粉ばかりになった莨《たばこ》をつめようとしては何度もこぼしながら、珊瑚郎は、黙って項垂《うなだ》れている愛弟子の横顔を、いとしむようにソッと眄《み》た。その時、

「でも……」

珊次郎は、思い詰めた眸を、芯の出た畳の上からグッと抬《もた》げた。

あの「菊畑」の時から、半年経つていた。

「でも、そう仰有る師匠も……」

「そうさ。俺にもちょうど、今のお前と同じような思いをした事があったっけ」

七歳の初舞台から五十七まで五十年間、一生を女形《おやま》で押し通した珊瑚郎であった。たって男役をつきつけられた時、サッサと引退し、誰が何と言っても再び舞台をふまず、劇界をアッと言わせた珊瑚郎であった。

珊次郎も、自分の体を識っていた。そして、女形以外に自分を活かす道はない、生涯女形で通そうと決心していた。それがいま、大先輩の音羽屋と播磨屋から、

「あの役は、珊次郎に演らせてくれ」

「珊次郎。お前、演ってみな！」

と、はじめての男役《たちやく》をつきつけられ、退引《のっぴき》がならなかった。それでも珊次郎は、どうしても厭であった。と言って、無理に断れば築地座をやめねばならず、音羽屋や播磨屋に楯ついてやめたのでは、どこの劇場でも手を出すはずはない。途方に暮れ、飛びこんで来た

旧師匠のところだった。が、

「俺をみろ、俺を……」

男役なんざ断ってしまえ——と、威勢のいい啖呵が聞けるかと思いのほか、

「俺の時と現在《いま》じゃご時勢がちがう。八重垣姫がやれて、弁慶がやれて、与三郎ができて踊れるという、菊五郎みたいな重宝なのが、現代《とうせい》では名優だ……」

珊湖郎の返辞は、さびしかった。

「たち役の出来ねえ女形なんざ、いまにご時勢はずれにされるから……」

どこかに皮肉を包んでいながら、それはもう諦めきった声である。

「俺だって、現在まで働いていてみな。否応なしたち役に引っ張り出されているよ」

「しかし……」

「いや。現にこの間もさ、こんな話があっての……」

珊瑚郎は、ちょっと階段の方を覗くようにして、

「お前、気がついているだろうが、階下に六つになる男の子がいるんだ。よく俺に馴ついてよ、可愛いったらありゃしねぇ……」

珊瑚郎が、ある朝、町を歩いていた。すると菓子屋の店頭に、「キャラメル入荷」とあ

る貼紙を見て、フッとその男の子を思いうかべた。珊瑚郎も先着順に並んで、一箱のキャラメルを買って帰ったのである。階下の主婦《おかみ》はよろこんで、

「すみません。この間からキャラメルが品切れだったもんで、喧《やかま》しく言ってたんですよ」

「しばらく立って、順番を待ったけど……」

「あら、親方に、とんだ立役《たちやく》をさせちまって……」

と言って主婦《おかみ》は笑った。

「これが真実《ほんと》の、たち役よ。それからしばらくして、また、大変な人だかりさ。悪い癖で、人が並んでると無暗に並びたくなる。黙って並んで、やっと順番が来て気がつくと、何んと、そこが郵便局の窓口でね。嘘じゃあやねぇ、全くの話よ。で、俺もあり合う一円を差し出して、新しい貯金通帳を貰ったってしまつさ。ナニ無駄に並んでばかりもいやしねえや、と安心したって話さ」

あははと笑ってから、ふと真顔になり、

「しかし、立役をして金をためる気があったら、俺も、もちっとどうにかなっていたろうに。気のつき方が遅かったたってね……」

嗄れた声で、寂しく言った。

珊次郎は、来た時よりもっと重い心で、がたぴし音のする段梯子を下りて行った。

宣　伝

珊次郎にふり当てられた男役《たちやく》というのは、軍事劇「六人の斥候兵《せっこうへい》」の中で、伝令にかけつける梶野一等兵の役であった。それには、こんな経緯《いきさつ》があった。

「六人の斥候兵」はさきに某キネマ会社の特作映画として、全国的に圧倒する好評を博した。機を見るに敏な劇場側では早速これを採り上げ、時局劇と銘打って、脚色、上演のはこびにした。従来、新国劇や新派畑に限られていたこの種の演目《だしもの》を、音羽屋や播磨屋などの大看板に軍服を着せて人気をそそろうという商業的作戦は勿論あったが、「弁天小僧」や「切られ与三」以外に、すこしでも国策に沿った芝居をという良心も働いてのことだった。それだけに主役の斥候兵になったり、分隊長になったりする音羽屋や播磨屋は、嬉しそうに大はりきりで、平常《いつも》はだらだらする稽古場までが、見違えるように緊張した。

だが、武田勝頼や加藤清正に扮しては、技神に入る名優たちも、昭和の武人を描き出すにあたっては、はなはだ予備知識というものに乏しかった。それもその筈で、隊長に扮する高麗屋など、いつもは腰の帯へ差す刀を、今度はバンドでブラブラつるすのだから、勝手が違って歩くたびに足へカチャカチャまつわりつく。その他の人々も鉄砲を持たせると五段目の勘平めくし、軍刀の柄に手をかけても、なんとなく髷ものの型のように、グッと一つ見得をきりたいという格好になるので困った。

そんな時、いちいち珊次郎が引っ張り出されて、相談相手にさせられた。しまいには、大部屋連を集めて、ゲートルの巻き方まで示した。

「珊次郎。お前《めえ》の本名は、何てんだい？」

「小平武男です」

「じゃ、小平武男舞台監督と、プロにも出さなきゃならねえところだなあ……」

と音羽屋が笑って言った。

珊次郎も、銃後の人々に前線将兵の苦労をいっそう的確に識ってもらうには、この上ないよい機会だし、それには端役の動作のすみずみまで真実に近づけるようにと、一所懸命に気をつけた。ここまでは、無事であった。

だいたい「六人の斥候兵」のあら筋は、中支阜県で孤立無援に陥った大槻部隊の増田隊は、はや十日間、糧食も途絶えようとした。後方との連絡をとるには、敵の重囲を衝いて出ねばならない。それには弾薬も兵数も不足していた。可及的囲みの薄い地点を一挙に衝くより仕方がなかった。はげしい吹雪の中へ選ばれて三人の斥候兵が、飛び出して行った。一昼夜経った。三人のうち、一人も帰還しなかった。更に三人の斥候兵が、放たれた。そしてまた、何時間が過ぎた。六人が六人とも、咫尺《しせき》も弁ぜぬ吹雪の中に呑まれたまま、帰らなかった。刻々と時が流れる、不安と焦燥の中に……。そこへ、転ぶように登場するのが伝令の梶野一等兵で、六人の斥候兵がことごとく敵の包囲に陥ったことを告げる。劇は、それから場面を転じて六人の果敢な脱出の経路や、壮烈な戦死を物語るのだが、全篇の最も緊迫するのは梶野一等兵の登場するあたりであった。

梶野一等兵の役は、科白《せりふ》こそ二言三言よりないが、肝腎な経過を語る伝令の言葉だし、これが拙《まず》かったら著しく実感を殺《そ》ぎ、あとの六人の物語に移る緊迫感が半減されてしまうのである。中村扇十郎という役者は、がらがいいのを買われて梶野一等兵をふられていたが、その歌舞伎口調まるだしの科白まわしが何度なおしても駄目であった。その他にも二、三人、代わって稽古させて見たが、ぜんぜん切迫した雰囲気を出せなかった。

その時、音羽屋と播磨屋が、配役係の竹柴を呼んで、

「あの役は、珊次郎にやらせてくれ……」

竹柴も、二つ返事で賛成した。

「珊次郎。お前《めえ》、演《や》ってみな……」

「いえ。どうか男役だけはご勘弁なすって下さいまし」

思わず後退《しりご》みするように言うと、

「いいじゃないか。音羽屋も、ああ仰有って下さるんだから……」

「いえ、私は女形でございます」

嘘のつけない音羽屋は、フッといやな表情を露骨に見せた。そこへ行くと播磨屋は苦労人だった。珊次郎をソッと蔭へ呼んで、

「珊瑚郎譲りの、女形《おやま》専門のお前《めえ》さんに、男役《たちやく》をやれというのは心なしのようだが、音羽屋は久し振りにお前さんに役らしい役をさせて、ゆくゆく名題《なだい》にも取り立ててやろうという腹なんだ。役者には難かしい順序がある。こんな時でもなけりゃ、飛び越して役のつけられねえことは、お前さんも知っているだろう……」

しみじみと言ってきかせた。全く「菊畑」以来、役らしい役はついていなかった。

「それに私《あつし》は思うんだが、簪《かんざし》の一本ずつにも順序《けじめ》をつけられる女形《おやま》の世界より、門閥《のれん》のない若い役者は、男役の方が出世は早いいぜ」

同じように腰元や新造に並んで出ていても、師匠の勢力《かお》や年功の順で、坐る順序もちがうし、頭飾《あたま》に挿す簪も、名題から下は一本にかぎられ、勝手にふやすことは出来ないのである。それが芝居道の慣習であった。

播磨屋の親身のあふれた言葉は、珊次郎を強く打った。それでも男役に転じることはどうしても厭で、珊瑚郎のところに相談に寄ったのも、その帰り途《みち》であった。

ところが、珊次郎はその翌る朝、新聞の演芸欄に、

「帰還勇士が体験を活かす伝令の大役！」

という、宣伝記事を見てびっくりした。

「竹柴さん。酷《ひど》いじゃありませんか。私《あたし》がまだ承知もしていないのに、あんな記事を出すなんて……」

と珊次郎が詰《なじ》ると、竹柴は事もなげに笑って、

「宣伝だよ。君……」

「宣伝？」

「そうさ。帰還の兵士が、その体験を舞台の上に再現する……。いい材料じゃないか。摑まなきゃ馬鹿だよ」

「じゃ、あなたは、その材料にするために、賛成なすったのですか？」

「そうとばかりじゃないさ。けど、そこは商売だからね。君だって、少しはそれで売り出すという気にならなくっちゃ……」

そうか。「菊畑」の時の抜擢も、宣伝材料のために賛成したのか？　それを知らずに踊らされていたのか……？

珊次郎は軀がじりじりして、じっとしていられなかった。自分が利用されたという忿懣《ふんまん》よりも、高貴な帰還兵の体験を、そんな風に宣伝材料にしたりされることは、厳粛な神聖感が許さなかった。それを何とも感じない空気の中にじっと体を置いていられなくなった。

そして、黙って稽古場を出た。

稽古がすすんで、梶野一等兵の出のキッカケがきた時、人々ははじめて珊次郎のいないことに気がついた。

三　助

古い大きい湯槽《ゆぶね》は何の木なのか、あらい木目をうかび出させ、角々はまるく手擦れして古い年代を思わせる。珊次郎は、濛々とした湯煙の底で、湯槽のがわに頭をおしつけたまましっとしていた。

浴室には、珊次郎のほかにも二、三人入っているらしく、贅沢に流す湯の音や、桶の音が、天井の高い浴室にうつろのように響き合ったが、ひろびろと岩や巨石をとり入れたかげになったり、湯煙にぬりこめられて姿は見えない。ただ、三助を相手に途切れ途切れに話す声だけが、珊次郎の、妙に冴えかえる頭にひびく。珊次郎は、考えまいとする東京の芝居のことや、梶野一等兵の伝令の科白が頭からはなれず、伝令の科白から想いはさらに戦線の夏冬へ、それからそれへのびて行った。群馬県の、東北線からバスで少しはいったJ温泉の、香取屋という温泉宿だった。

香取屋の若主人は片岡喜太郎《かたおかきたろう》といって、前線の苦労を共にした戦友で、同じ部隊の同じ一等兵、しかも、喜太郎は左肩貫通銃創、珊次郎は風土病と、ただそれだけ違ったが、帰還の時までが偶然同じであった。喜太郎は下町住まいの芝居好きで、帰還してからも東京にいた間は、一つ芝居を二度も三度も見ては、珊次郎のために適切な批評を与えた。そのうちに、田舎のJで温泉宿を経営している父が倒れたので、喜太郎がJへ帰って香取屋を経営しなければならなくなったのである。

珊次郎は、稽古場を飛び出すと、ただ母親にだけ、

「役の工夫をしに、J温泉へ行って来る」

とだけ言って、その日のうちにJ温泉へ来てしまった。片岡なら分かってくれる……、何となくそんな気がして、たまらなくなって来たのであった。

香取屋へついたのは、まだ薄ら明るい時分だった。渓流にそった座敷に案内されると、受持の女中に、御主人にお目にかかりたいが、というと、

「あの、主人は只今……」

なぜか、ちょっと口籠るようにしてから、

「只今、お客様のお相手をしていらっしゃいますから……、あの、後ほどでも……」

「そう。それじゃ東京の友達が来ているから、と言っといて下さい」

珊次郎は、そのまま浴室へ下りて行った。三層楼破風造りの香取屋には、大小幾つかの家族風呂のほかに、自然の岩石をとり入れた八間四面の共同風呂があり、J温泉第一の名物に数えられていた。狭苦しい楽屋風呂から、ひろびろとしたこの浴室へ来て、体の節々が解き放されるようにグッタリした。

「へえ、それじゃ何かい？　この湯槽の木が……」

「はい、神代檜でございます」

湯煙で見えない、客と三助の会話だった。

「神代杉というのは、聞いているが……」

「神代檜は、神代杉と同じように、水中や土中に埋まって長い年月を経た木でございまして、杉よりも檜がはるかに珍重されております。殊に神代檜で湯槽を拵えますのは贅沢の極みとされております。この湯槽は、当香取屋の先々代が明治初年に造りましたものでして、お金のことを申しますのは如何《いかが》ですが、その頃の金で五千円、只今でなら五万円は、この湯槽一つにかかっておりますそうで、お金は兎に角、このご時勢に恐れ入ったことだと存じます」

三助に似合わしからぬ鷹揚《おうよう》な口のきき方が、ふと珊次郎の耳についた。

「へえ、この湯槽一つがねえ……」

客はあらためて、しみじみ湯槽をさすって見ているらしい。三助が立ち上がって窓をあけると、夕闇たちそめた戸外の翠嵐《すいらん》へ、吸われるように湯煙が流れて、浴室の靄はだんだん薄れて行った。

「旦那。お背中をお流しいたしましょう」

他の客が皆出て行って、珊次郎一人になると、ガッシリした体格のその三助は、静かに湯槽の中へ声をかけた。

「片岡君。香取屋のご主人と知っていて、まさか背中も流して貰えないじゃないか」

珊次郎がクックツ笑って言うと、

「なんだ。君だったのか……」

相手は、さすがにちょっと吃驚《びっくり》してから、

「いいよ。いつも民屋《みんおく》の支那風呂で流しっこした、昔馴染の背中じゃないか……」

グッと珊次郎の右腕を摑んで、引き上げるようにしながら、

「ほら、この二の腕にうえ疱瘡のあとが幾つあるか、それまでちゃんと覚えているぜ」

と、笑った。

「先刻《さっき》、女中さんに訊くと、お客のお相手をしているって言ったけど、まさか三助とは思わなかった。どうしたのさ、これは？」

否応なしに向うむかされ、背中を擦られながら、珊次郎が言うと、

「俺より、君こそどうしたい？　折角のいい役がついて、初日を控えながら、のんきに湯治でもあるまいが……」

「え？」

「読んだよ。新聞を……。俺は明後日の初日には、どう都合してでも出かけて、君の男役への再出発を祝うつもりだったよ」

珊次郎は、思わず鳩尾《みぞおち》が熱くなった。が、それと一緒に、あの空々しい宣伝を、この戦友はどう感じて読んだであろうか？　恥ずかしさがグングン顔へ上って来た。

片岡喜太郎は、珊次郎から昨日以来の経緯《いきさつ》や、このＪへ来た心持ちを、いつか流しの手をやめて、じっと聞いていたが、

「その伝令兵をやらされるなら、ほんとうに止めるつもりか……？」

「ああ」

「それなら君の考えちがいだ」

二人は、いつか向い合った位置になって、

「俺はあの新聞からそんな感じは少しも受け取らなかった。帰還兵士が、その体験を舞台の上に再現する……、芝居の戦争はともすれば嘘になりやすい、それを、真に厳粛な前線の姿を銃後に正しく認識させる。君こそそれがやれる人なんだ。それこそ、女形《おやま》とか男役《たちやく》とかを超越して、君に一番の適《はま》り役だ」

「………」

「君が、空々しい宣伝を許さないのも、芝居を愛していればこそだ。その君に、芝居をやめることが出来るものか……」

今度はしみじみした調子になりながら、

「俺が三助をしているのも、祖父の代から温泉宿の風が身にしみて、離れられないからなのだ」

温泉と言っても、今は昔とちがって弦歌《げんか》の音も聞こえず、ただ湯の効験や温泉場の風趣にひたって疲れを癒す、そういう地味な利用が主だった。したがって、心きさたる番頭や女中、甲斐甲斐しい三助の存在などが、その種の客を満足させる唯一のサービスである。三助の仕事など己れの側から見れば意義なく見えるが、客の側から見ればまめまめしく汲桶の世話から軽い按摩までして、せめても湯治気分にひたらせてくれる者がいなかったら、落莫《らくばく》たる横町の銭湯と何のえらぶところもなかった。

しかし、三助の仕事も今時の若い男は誰もかえりみなくなった。もっと生甲斐のある仕事が待ちかまえていて、香取屋だけでも四人からいたのが、番頭の伜の嘉市を残すほか、皆転向して、その補充がつかなかった。

「よし。誰もなり手がないなら、俺が三助をしよう」

喜太郎は浴室に飛び込んだ。帳場の奥で算盤を弾いているより、裸になって客へ直接ぶつかることに、働く意義を感じたのである。

二人は浴室を出ると、夕飯の膳をつき合わして、一本のビールを仲よく半分ずつ呑んだ。

「三助は、俺の他にやり手があるかも知れないが、梶野一等兵の役は、誰より、すすんで、女形《おやま》とか男役《たちやく》とかそんな意識を超越して、君がつとめるべき役だ……」

喜太郎は繰り返して言った。珊次郎は胸の蟠《わだかま》りが、一枚ずつはがれて行く思いだった。

「舞台の嘘の兵の中で、せめて自分だけは真実の兵となり、戦場の匂を客におくろう！」

心をきめてグッとコップを呷った時、東京の家から思いがけないウナ電がきた。何気なく開いた瞬間、二人の頬へサッと緊張の色がのぼり、喜太郎が珊次郎の手をしっかり握った。

「小平君、お目出度う！　今度は君の方が一足先きだったね。ナニ、僕もすぐ、後から追いつく……！」

軍服

芝居の初日は、平常《ふだん》の開演時間より一、二時間早く幕をあける。舞台の装置や扮装に、どうしても時間を食うからである。殊に不慣れの軍事劇「六人の斥候兵」で、ごったがえすような混雑であった。そのなかへ、楽屋口から歩兵一等兵の軍装をした兵士がツカツカと入ってきた。それが珊次郎であった。

珊次郎が、音羽屋と播磨屋との部屋へ入って、軍帽をとると、すっかり五分刈りであった。音羽屋は大きく腹をかかえて、

「珊次郎。お前、芝居気がありすぎるぜ。稽古場から姿をかくしといて、初日の幕のあく時分に、軍服を着て、地頭を刈って駈けつけるなんて、人が悪いぜ……」

あははは と笑って、播磨屋をかえりみた。が、播磨屋は笑わずに、厳粛な眸《め》で、じっと珊次郎の顔を瞶《み》た。珊次郎も、その眸へこたえるように、

「再度《にどめ》の招集が下りまして、梶野一等兵の役をそのまま、戦地の舞台でつとめることになりました。今日は長らくお世話になりました御挨拶にまいりました」

と言って手をつくと、音羽屋もさすがに大きく呼吸《いき》をのんだ。播磨屋は黙って居住いを直すと、静かにじっと頭を下げた。

「珊《さん》ちゃん、お前、その軍服姿で最後の舞台をつとめて行ってくれないか？　それこそお前が身をもって、皆に教えていってくれる兵隊精神だ。明日からお前がいなくなっても、お前の遺してゆく精神は、舞台の兵士全体に満ち満ちて、その緊張は必ず御見物衆の心を搏《う》たずにはおくまいと思う……」

「はい、演らせていただきます」

珊次郎は、強くうなずいた。

「素顔のままがいいぜ。素顔がそのまま兵隊の顔だ。俺達がどんなにうまく扮《つく》ったって、お前のその顔に及びもつかねえ」

音羽屋は、軍帽の庇の下の晴れやかな顔を、食い入るように凝視《みつ》めて言った。

異常な緊張のうちに、幕が明いた。

芝居は進んで、吹雪の中に放たれた六人の斥候兵は、ついに一人も帰って来ない。吹雪と風のほかに、台詞もなければ音もない。不安と焦燥が、舞台から見物席へ息づまるようにひろがった。そのとき揚幕《あげまく》から、というより、それは限りない広野の一筋道から、雪の塊のようになって転げ込んだのは梶野一等兵である。

「伝令！」

裂帛《れっぱく》のような、鋭い言葉が一語一語、迸《ほとばし》るように口を衝く。六人の戦友の危急を報じるため、腹部に盲貫銃創を負いながら、長途の吹雪を冒《おか》した梶野一等兵は、

「伝令終り……」

の声の半ばに、バッタリ斃《たお》れる。

梶野一等兵が斃れると、隊長が抱き起し、悲痛な科白《せりふ》がある。だが、播磨屋はただ呆然と突っ立っていた。

忘れたのではない。彼は、今、血腥《ちなまぐさ》い硝煙の中から飛び込んで来た、生々しい兵士の姿を目撃して、その厳粛な瞬間に思わず声をのんだのである。

一分、二分……舞台にだんだん大きな穴があいた。が、播磨屋は芝居を忘れたかのように立ったまま、滂沱《ぼうだ》たる涙が頬をつたうにまかせた。

やがて、それがそのまま厳かな実感をそそって観客に迫り、湧然と劇場《こや》をゆるがすような拍手となってわき上がるのを、斃れた珊次郎はうつつの中に聴いていた。

舞扇

一

上方舞山村流の山村六之輔《やまむらろくのすけ》は、ともすれば胸元へこみ上げて来る忿懣《ふんまん》をじっと押えつけながら、それでも、バスを自動車《くるま》に、途中で乗り換えて道を急いだ。

その日の会については、当然六之輔へ通知がなければならないのである。上方、殊に大阪に古い伝統の誇りを持つ山村舞の家元、山村六翁の還暦祝いの会である。順序から言えば六之輔が六翁の門下代表として、発起人の筆頭に立つべき筈の会なのである。それだのに何の相談もなければ、通知さえないのだ。しかし、なんであろうと恩師六翁にとっては喜びの会である。六之輔はともかくも駈けつけずにはいられなかった。

六之輔が自動車から降り立った時は、定刻の六時を、もうかなり過ぎていた。会場に充てられた堀江の演舞場は、梅雨空の下に、ここばかりはまだ花の匂いが漂うかと思うほど、華かな、派手な空気がたちこめていた。もっとも、花と言ってもあくどい顔《え》料《のぐ》を塗りたてた造花のけばけばしさである。時局に対する遠慮から、花環や飾物をデカデカ並べ立てる事は控えていたが、低俗な園遊会めいた紅白の幔幕をはり廻らした玄関は、舞扇一本をふりかざして行歩艱難の芸界を乗り切った老翁を讃える会には甚だしく感じが違った、さながら木の花踊りか温習会の、お祭り騒ぎである。

六之輔は、いささか圧倒された体《てい》で、

(相変らず、大阪式だ……！)

と、演舞場の入り口に立って苦笑した。

山村六翁の門下には、六壽、六吉などという古顔はあるが、歳こそ若けれ、技芸、才幹、どの点から見ても一門を背負って立つのは六之輔だし、六翁に過ぎた弟子だという事も、舞踊を語る者は誰でも認めるところであった。もっとも、現在の六之輔はどっちかと言えば大阪より、東京に籍のある人である。藤間や花柳の各派に比して、あたら古い歴史を持ちながら、家元六翁の無気力から沈滞しきっている自流に慊《あきた》らず、上方舞の進出を志し、妻のおつまさえ大阪に残し、単身苦労を覚悟で上京した六之輔である。三年前の事であった。そして、その三年の間にともかくも東京に地盤を築き、最高の権威である日本舞踊総会の春秋の公演にも上方舞をひっさげて、山村流の真価を世に問うまでに伸し上がっていた。

それだけに、出し抜かれた門下の誰彼は、なにかにつけて露骨な敵意を見せ、

(阿呆らしい！　上方舞の良否の識別《わか》らん東京やさかい、六之輔でも通用するのや)

と、白い眼を東へ、六之輔の上へ向けたがった。

六翁の還暦を祝うその日の会にも、故意に通知を洩れさせたのかも知れなかった。

受付に並んだのは、知らない顔ばかりであった。舞踊のほかに俳句もやれば絵も描く多趣味な六翁の、その方面の知人なのだろう。しかし今日の会に門下の誰か玄関に挨拶に出ていないという法はない。

「どなた様でしょう……？」

受付の羽織袴が、冷たく訊いた。

「六之輔です」

「六之助と仰有ると、何六之助です？」

返辞に詰った。そう訊かれて、山村六之輔と素直には言い切れず、口籠ると、

「会費をどうぞ……」

背後で、手を出しそうな声がした。

その時、

「千恵蔵はんやわ。千恵蔵が来てる！」

「ちがうし、長二郎やし。長二郎は山村流やさかい……」

「川浪も来てやし……」

映画の役者が今日の余興に踊るのだろう。素顔を見ようとひしめく黄色い声が、廊下にまで溢れた人垣を押し分けて走る。

還暦祝いというからは、門下や親しい知己《しりあい》の少数の人が打ち集い、心から捧げる祝辞や祝杯を静かにうけ、舞扇一本を伴侶《とも》として来た多岐なりし過ぎ来し方を振り返る、敬虔な老師の容姿《すがた》を描いて来ただけに、六之輔は、五円の会費と引き換えに、花見弁当のような折詰めと冷たい正宗の一合瓶を渡されて、ただ呆然と立ちつくした。

二

六之輔が還暦祝いのことを耳にしたのは、ツイ三時間ほど前であった。現在《いま》はただ死を待つばかりの病床に横たわっているおつまのために、メロンを買いに来た戎橋の千匹屋の店先だった。いまはもう、それしかおつまの咽喉を通らなかった。

ここ三年、六之輔は東京に、おつまは大阪に、別々に暮していた。良人《おっと》を身軽に、思いのままに活動させてやりたいと、ただ一人大阪に残って淋しい辛抱をしていたおつまが、この春以来パッタリと床に就いた。

かりそめの病気ぐらいを事々しく報《しら》せて、男が精根を打ち込んでいる仕事を妨げてはと、ツイ姑息な自家療法などで済しているうちに病勢は頓《とみ》に悪化して、六之輔が電報で慌てて帰った時は、もうスッカリ手遅れであった。医者を六人まで変えて看せたが、一人として引き受ける者はなかった。六之輔はそのまま大阪に止って看病に力《つと》めたが、現在《いま》となってはただ安らかな死を用意し、苦しませずに死なすというより、他に望《のぞ》みは持てなかった。

ほどよく熟れたメロンを二個選んで、量目《めかた》をかけさせている時だった。

「おお、矢張りお師匠はんでやしたなあ！　よう似たお人やと思いましたが……」

顔見知りの、三味線屋「イ菱《びし》」の番頭であった。

「東京でのご成功、聞いていまっせ。大阪方のために一つ頑張っとくなはれや！」

六之輔が、返辞に困って苦笑していると、

「いつお帰阪《かえり》でした？　わざわざ家元のために帰って上げなはったんでやすな？　出世しやはっても弟子師匠の情はまた別でんなあ」

「………」

「家元もさぞお喜びですやろ。何しろ、折角の還暦にあんたのお顔が並ばいでは、白太夫《しらたいふ》の賀の祝いに、松王丸が来んようなもんですさかいなあ……」

独り合点で喋舌る口から、いっさいの事情を知ると、さてはそうか、と、六之輔は体が熱くなるのを覚えた。

なぜ知らさないのだろう。平常《つね》とは違う。たとい東京にいても、葉書一枚で飛んで帰って来るではないか。こっちは一門とも、相弟子とも思っても、そっちはそうも思っていてはくれないのか。それとも家元の意思なのか……？

（いや、手落ちなのだ。何かの行き違いだ……）

六之輔は、強《し》いてそう思い返して「イ菱」の番頭と別れた。

「迂潤《うつかり》していたよ、おつま。実は……」

六之輔は、病床の妻の枕許に坐ると、前々から相談をうけていたようにつくろい、

「危く師匠の本卦《ほんけ》返りを忘れるところだった」

と、寂しく笑った。

おつまは、それを聞くと、覚束なげに半身を起き上らせながら、

「それは何よりだす。お祝いのお盃がすんだら、あの『松の常盤』をちょっと舞うて、家元へ今日の御祝儀にしておくれやす。願うてもない好い機会《おり》だす。あんたの御無沙汰の何よりのお土産だす。しっかり舞うておくれやす……」

息切れを堪《こら》えて言った。

〽松の常盤による波の、さす手ひく手の末広や、末ひろがりに壽《ことぶき》も、いく十返《とかえ》り
の春のよそほひ……。

歌詞と振りとは六之輔が、曲節《ふしづけ》はおつまが心をこめた、二人にとつては会心の作で、今日の記念に披露するのに相応しいものだ。

「私が達者であったら、三味線を弾かせて欲しかった……」

おつまは、そう言ってホロリとしたが、思い返したように、

「あんた、これを……」

と、袋に入った舞扇を六之輔に握らすと、励ますように莞爾《にっこり》した。艶の褪《あ》せた白蠟のような頰へ、ぽっと一刷《ひとは》毛仄《けほの》かな色が泛び上がると、あらそわれぬ昔の名残りがどこか嬌《あだ》っぽく漂うて見えた。

バラバラと拍手の音に、六之輔はハッと我に還った。そして、おつまに握らされた舞扇を、寂しく瞶めている自分に気がついた。

(来るのではなかった……)

その時、舞台では物々しい芝居がかりの還暦口上の幕が開こうとして、またひとしきり烈しく拍手が反響して聞えた。

三

金屛風に映える毛氈の緋の色で、眩いような舞台であった。家元の六翁を中心に、左右へ通俗な俳句雑誌「蝙蝠傘」の主幹や、古い関西の歌舞伎俳優など、発起人らしい友人達

が居流れている。——よく見ると、その中に牛田平助がいた。

牛田は、六翁門下としては六之輔より古顔であった。愚鈍でカンが悪く、舞踊《おどり》で身を立てる見当もつかず、中途から山村流名取達の山村会の事務員に転じた男である。それにしては牛田よりも、当然列席していなければならぬ六壽や、六吉の姿がみえない。二人とも平凡な師匠というだけで、彼らや家元の低調な生活態度が自ずと山村流不振の主因を成していたが、それでも今日は門下を代表して顔を並べるべきで、舞踊家でも名取でもない牛田が門下を代表することは、法に叶《かな》っていなかった。

やがて、歌舞伎俳優の某《なにがし》が口を開いた。

「一座高うは御座りまするが、口上を以て申し上げ奉ります。此度《こた》び山村流家元山村六翁こと、目出度く還暦を迎えらるるように御座りまする。つきましては……」

裃《かみしも》こそつけないが、いっさい、役者の襲名披露の口上を真似た悪趣味であった。

「ヨウヨウ、本卦返りとはお若う見えます！」

「まだまだ浮気が出来まっせ……」

などと無遠慮な声をかける者もあった。ゲラゲラ笑っている者や正宗の瓶をラッパ呑みに、折詰を開いている客もあった。

あまりの事に六之輔は、舞台へ躍り上り、発起人達の襟章を悉《ことごと》く奪取《はぎと》り、一つ残さず自分の胸へかざりたかった。——いや、もうそんな事はどうでもよかった。それよりも、こんな会とは知らず、心からの祝いの辞《ことば》や「松の常盤」の踊りまで用意して来た自分が、あまりに可哀想で、涙があふれた。

六之輔は、もうそれ以上舞台に眸《め》を曝《さら》すに忍びなかった。

受付の人々も観客席に爪立ち、人垣の後から舞台に気をとられている。黙って誰にも気づかれずに帰るのに、一番いい機会《おり》であった。来た事も人に知られず、帰る事も人に知られず……、何もかも知らなかった事にして済ますのが、せめて自分を救う道だと気がついた。

そう思うと、一刻も早く会場から姿を消したいと、袂《たもと》の中で下足の札をさぐる手も気が急いだ。

「多田君、随分探したぜ」

六之輔が、本名で呼ばれる事は、滅多にない。ハッとして振り返ると、折詰と、一合瓶を携げた、葉村邦太郎が立っていた。葉村は旧俳優の弟子から転じて、児童舞踊をやっている男だった。役者生活のルーズな狡さが脱けきらず、評判の芳しくない男だったが、六之輔にだけは不思議に誠意らしいものを示した。まだ大部屋のうちに師匠に死なれて不遇に苦しんでいたのを、素地のある舞踊《おどり》で身を立てるように手引をし、骨を折ってやった事を恩に着てでもいたのだろうか――。

「今日は必ず君に逢えると思うて来た。言わば君への義理に背負い込んだのやぜ」

折詰と瓶を振って笑ったが、やがて真顔で、

「家元に訊くと、六之輔は東京から帰って来んやろ――と言うていたが、君の事やから、帰らん筈はないと僕は思うた」

「僕の帰る事は、勘定に入ってないのか」

六之輔は、自嘲するように淋しく笑った。

「悪い会やなあ。東京でも大分問題になっているそうなが、君は聞けへんか？　東京の舞踊家、長唄の常磐津連中へまで、五円の切符を押しつけたそうな。六翁ともあろうものが、六十一になって奉加帳を廻したのかちゅう評判や。いや、もっと苛酷《えげつな》い事を言う者もあるそうな……」

金銭に恬淡な六翁がそんな事をする筈はない。人のよい、気の弱い六翁を過らせたのは、舞台の口上に居並んでいたあの周囲の連中である。こんなお祭り騒ぎをするお先棒はかつ

いでも、一人として真に六翁のために考えてくれる者がないのかと、足摺りするほど情けなかった。

口上の幕が閉ったらしく、激しい拍手と共に廊下へ流れて来る人波が、今までガランとしていた休憩室まで押しよせて来た。

「おお、六之輔師匠、お越しやす！」

「あんたがお越しにならん筈はないと思うていました」

顔馴染が多いだけに、六之輔を目敏《めざと》く見つけて取り囲む人達が多かった。もう逃げ出す機会はなかった。

その時である。白薔薇の襟章をひけらかすようにして、こっちへやって来た牛田平助が、ふと六之輔の姿を見ると、さすがにちょっと顔色を変えた。が、さりげない様子で近づいて来た。

葉村の声が、

「多田君、ここでは何も言いなや……！」

と、耳許でした。牛田はなれなれしく、

「よう帰って来てくれた。多分、都《みやこ》新聞の演芸欄で見てくれるやろと思うていた……」

「盛会だね。いろいろと御苦労でした」

つとめて平静にそう言ったが、平らかならざる心は押えかねた。

「知らせて貰えたらお手伝もしたかった」

「何せ、住所《ところ》が分らんもんやさかい……」

「ちょっと調べて貰えば、誰かが知っていた筈だが……」

「忙《せわ》しいて、訊いて廻ってる間がなかった」

六之輔は、だんだん白く血の気の褪せて行く自分の顔色が見えるようだった。

「六壽や六吉が見えないようだが……」

「六壽君は去年の暮、応召して今では中支戦線や。六吉君は博多へ移った。家元も、今度の会は近い所にいる者だけでやろうという意向やったさかい……」

「そうかね。しかし、てんで出席出来ない事の分かっている東京の師匠連や長唄連中にまで切符を送るなら、博多の六吉にも知らして呼んでやって欲しかったなあ……」

「住所がハッキリせんのでなあ……」

「それも忙しくて調べてやる間がなかったのかい？　それとも家元の意向なのかい」

葉村が、強く六之輔の腕を摑んだ。

「出よう！　君が出席した事だけハッキリすればそれで好《え》え。帰ろう！」

帰ろう、と、六之輔も思った。

帽子を取り上げた時、

「六之輔君、幕を見てくれたろうな？」

「幕……？」

「門下だけで、お祝いの引幕を拵えて今の口上の前後《あとさき》に引いたんや。君の名も入れておいたぜ。それから……」

牛田は懐ろから請求書を取り出した。

「大釈《まくや》の請求書《つけ》や。三百九十円かかってる。それを九人で割ると一人当たり四十四円ずつになる。ちょっと眼を通しといてんか」

「牛田君、それを分担させてくれる事が、せめても君達の友情なのかい……？」

燃え上る炎のような眸であった。

「幕の費用は、僕一人で出させて貰おう。その代り、僕一人の名に染直して今日の日に引いてくれたまへ！」

言いすてて、後をも見ずに帰って行く六之輔の背へ、牛田の声が慌てて追いかけた。

「幕の金、送ってや！　頼むぜ！」

四

葉村を相手にして、強《したた》かに呷った酒であったが、頭の芯のどこかが酔わぬ酒であった。六之輔が、酔いの匂いを殺すようにして病人の枕許に坐ったのは、もう夜も更《ふ》けた一時すぎであった。

寝もやらずに、おつまは待っていた。寝もしなかったが、寝られもしなかったのだ。もうこの頃では六之輔が傍にいて、よっぴて撫で摩《さす》りしてやらねばウトウトとも出来ないほどで、夜となく昼となく摩る手擦れで、吉原つなぎの縮緬の、綿も裏地もすり切れてしまっていた。

おつまは、待ちかねたように六之輔の顔を見ると、

「まあ珍らしい！　好え顔色《いろ》やこと……」

酒に頬照った色を恍惚《うっとり》と見上げながら、

「私《わて》の病気が癒るまで、あんたがお酒を断っていやはる事を私は疾《と》うから知ってました。

心で拝んでいました……」

と、涙をこらえるように眸を伏せ、

「けど、きょうは違います。きょうは飲みやはらんと、いきまへんと、お出がけに言おうと思いながら……。けど、私は安心しました。あんたがそのお酒を飲まはるのは、よくよく嬉しかったに違いない。家元も喜んでお盃を差さはったに違いない！　ああ、眼に見えます……。眼に見えるようだす……」

堪えきれずにハラハラと、涙が、白い頰から枕へ幾条《いくすじ》も糸をひいた。六之輔は、何も言えずに声を吞んだ。おつまは続けて、

「何より先に聞かせて欲しいのは『松の常盤』の舞いだす。どうでおました？　塩梅よう舞えました？　家元はどう仰有りました？　なんと言わはりました……？」

たたみかけて、呼吸《いき》苦しそうに訊いた。六之輔は慌てて背を撫でさすりながら、

「喜んでくれ。気持よく舞えた。久し振りに心ゆくばかり、のびのびと踊ったよ」

思わず、顔を反向《そむ》けてそう答えた。

「あんたが、そこだけは物足りん、と言うていやはった、『さすてひく手の末広や……』の、合いの手の間は……？」

「それが、その場になって却って、面白い手を思いついて……」

「三味線はどうでおました？　譜を見て弾いて貰うたのでは、しっくりとは行きまへなんだやろ……？」

「それがまた、とてもよく合った。好い節づけだ、いい曲だと、皆んなが……」

「え、好え曲やと、皆さんが……？」

「褒めてくれてねえ……」

「…………」

「家元は『好く来た。東京からわざわざ来てくれたのか』と、手をとらんばかりにして……、演舞場の会が済んでから、六壽や六吉はじめ、一門だけが、水入らずの、盃をくみかわし、皆が思い思いに『松竹梅』『菊襲《きくかさ》ね』『壽』と、目出度いものを舞いくらべた。その中で『松の常盤』の新曲を……。『これは女房の節づけで、本来ならば女房がまいり、今日の御祝儀に三味線を弾くのですが』……と言うと……」

「…………」

「家元も、誰も彼も、皆んなお前の病気を心配してくれた。これから皆して見舞に行こうというのを、やっと断って……」

夢であった。六之輔が会場へ行きつくまで、心に描いた夢であった。それは脆《うた》くも、泡沫《かた》のように消えたはかない夢ではあったが、こんなに待ち焦れていたおつまだけは、楽しい夢に浸らせておいてやりたかった。

「末ひろがりに壽も、いく十返りの春のよそほひ……の、歌の文句をそのままに、いつまでも長生きして欲しい、皆が、よろしくと言ってねえ」

「………」

おつまはいつしか、啜り上げていた。

「長生きなんて、慾なことは言いまへん。けど、もう、一遍だけ癒りたい……」

「………」

「そして、もう一遍だけ、あんたの舞う『松の常盤』の三味線を弾きたい……」

濡れた眸がはるばると、遠くの夢をじっと瞶《みつ》めた。やがて、

「ああ、今夜はもう何事も思わずに、楽に眠れそうな気がします。長いこと霽《は》れなんだ私の心に、スーッとお月様がさしたようだす。ああ、好え気持……」

さも快さそうに眼を閉じて、深い呼吸《いき》を吸うようにしていたが、安らかな微笑みが、いつか微かに泛んで来た。まるで、話して聞かせたあの夢を、くり返して見続けてでもいる

ように……。六之輔ははじめてホッと息をつくと、堪えかねたように湧き出る涙をとどめあえず、声を忍んで蹲《うずくま》ってしまった。

ところが、おつまの容態はその翌日から眼に見えて良好になった。熱の変動も少くなったし、気分も爽かなのか血色も一日々々と良かった。誰もが、これはと意外に思った。もしや……と、断たれていた頼みの綱が結ばれたように思ったのも、六之輔だけの欲目ではなかった。ただ、医師だけが、淋しく笑って首を振った。そして、

「燈の消えようとする瞬間、一度はパッと明るく燃える事があります。奥さんのご容態は残念ながら、その瞬きです。残りの生命の灯を、今、燃やし尽そうとしていらっしゃるに過ぎません……」

いたましく、気の毒そうに医師は言った。

五

生命《いのち》の灯……と言えば、おつまのために、その生命の灯をパッと明るく点じてやることの出来る吉報を、六之輔は東京からの速達便で受け取った。

それは日本舞踊総会が臨時大会の形式で、二千六百年芸能報国会を日比谷公会堂に催すこととなり、日本舞踊の精粋を網羅する中に、六之輔にも参加せよという、願ってもない吉報だった。

それは、六之輔の上京以来、親身も及ばぬ面倒を見、知己の少い間を斡旋して顔を売ってくれている恩人花柳壽左衛門が、

――定めしご心痛の事と思う。その矢先、心ないお勧めかとも思うが、一つは夫人のために行手を照らす光明ともなり、現世へのこす安心立命の灯ともなるかと、敢て出演方を慫慂《しょうよう》せずにはいられない――。

と激励の手紙まで添えられてあるのを見ると、六之輔は涙含まずにはいられなかった。

しかし、彼はその承諾を躊躇した。その出演のために、妻の看護を人に委ねて上京するには、どうしても忍びなかった。壽左衛門の好意を裏切ることも、願ってもない好機会を逸する事も辛かったが、六之輔は、眼をつむって見送ろうと決心した。

同じ日、六之輔はもう一つの速達便を受け取った。それは牛田平助からで、

――その節お願いして置いた幕の金、未だに御送金がない。整理に困るから、この際至急御支払い願いたし。負担金四十四円也――。

と書いてあった。

ハッキリ分からないので会の通知さえ出せなかったという住所に、金のこととなるとなぜか通知が直ぐに来た。……住所は初めから分っていたのだ。牛田や一部の人々の、自分に対する嫉妬と猜疑に満ちたからくりの醜さが、可笑しいほど歴然とさらけ出された。

二つの速達を見比べて、人それぞれの心柄から、こうも大きく隔る人柄を見せつけられて六之輔は暗然とした。

それればかりではない。その日、おつまを見舞いに来た葉村が、

「実は、厭な噂を耳にしているのやが……」

と言って語ったのは、六之輔が言を左右にして支払わぬ金を、六翁自身が穴を埋めたというのである。

「その話なら、私も聞いています」

葉村と一緒に見舞いに来た、おつまの親友である杵屋若子が、

「会の日にも、六之輔はんは、六翁さんに逢うのを避けて帰ったという噂もあり、なんぞ不義理でもしているのやろというような、ひどい噂も小耳にはさみました……」

話がそうまで歪んで伝わるものか……と、六之輔は恐ろしくなって来た。

それにしても、一時の怒りに眼が眩《くら》んで、祝辞も述べず、師弟の情誼も全うせずに帰った自分の態度が悔まれた。まして、その金について迷惑をかけたと聞いては、このままには済ませなかった。そう思うと、雲に遮られた月光のような六翁の面影が、胸に食入るほど懐しく感じられた。

「お目に懸りに行こう。これから直ぐにも……」

「おつまちゃんの看病は私が引きうけています。その間に是非行っておくれやす……」

「よし、僕も一緒に行こう！」

葉村もそう言うと、すぐ電話で六翁の在宅をたしかめ、手土産なども六之輔に代ってととのえてやった。

二人が六翁の家の冠木門《かぶきもん》をくぐったのは初夏の日も、もう暮れなずむ頃であった。

六翁は、夕暮れの残光《ひかり》を小窓に求めながら、絵絹《えぎぬ》を展べてしきりに彩管に親しんでいた。

彼の俳画は余技の域を脱していて、大丸や高島屋の展覧会では侮り難い売高を示して、ややもすれば余技が余技でなくなっていた。が、肝腎の舞踊への精進が、ともすればそうした方面へ向けられて行くのを、常にあきたりなく感じていた六之輔だけに、

（相変わらずだ……）

と、ふっと暗い翳《かげ》が心をよぎった。

六翁は、六之輔の方を見向きもせずに画筆を走らせている。

葉村も、ちょっと言葉の継ぎ穂を失った。

六

「矢張り六之輔はんだしたなあ……」

懐しそうに、襖を開けて声をかけたのは、六翁の妻の時枝であった。女は老け易い。しばらく見ぬ間にあらそえぬ歳が、額に読まれた。六之輔はそれを見ると、日頃の無沙汰を心から詫びたい気になっていた。

「葉村はんから、珍らしい人を連れて行く、という電話のあった時、もしやあんたやないかと、家元《うちのひと》とも……」

「六之輔、何しに来た……」

六翁が、遮るように言った。しかし、眸は絵絹の上から離そうとはせずに……。

「お詫びに来ましたんや。なあ、多田君」

葉村が引き取ってなかへ入った。

「詫びなら、順序を立てて来て欲しいなあ」

「順序と言いますと……？」

「牛田に謝罪って来たかと言うのや」

「牛田君に……？」

六之輔が思わず顔を見上げると、六翁はもう昏くなった絵絹の上に、なおも未練らしく筆を運ばせながら、

「通知の行かなんだ事を根に持って、牛田君のはかろうた事に対しても、責任を果さんというやないか？」

「責任を果さないなんて、そんな事は……。これは、家元がお立て替へ下すったお金です。遅くなって、御迷惑をかけてすみませんでした……」

心の中で拙い時に出した……と思いながら、六之輔は袱紗包を師匠の前へ差し出した。

「根に持つなんて？　決してそんな事はありません」

「それなら、牛田は君達に代わって金の世話をしてくれたのやないか。礼を言うて然るべしや。理屈を言う法はない」

「ただ、僕は、牛田君が門下を代表する前に、六壽になり、誰……になり、相談して欲しかったと思うだけです」

「牛田が門下を代表してなぜ悪い？　師匠の眼鏡《めがね》に叶うた奴や。事務員でも何でも、師匠の傍にいて気をつけてくれる奴が第一の弟子や。今度の会でも、牛田の肝入りがのうては出来なんだ会や。第一、会の当日にブラリと顔を出して、理屈を言うのからして間違うている……」

「知ってさえいましたら……。僕は、ただ、折角の会にお手伝の出来なかったのが残念でならないのです」

「儂が六十一になる事は前もって分っている筈や。お前にその気があるなら、なぜ予《あらかじ》め問《き》き合わして来んのや……？」

「………」

「山村の家では、君より牛田の方が先輩や。とにかく、牛田に謝罪《あやま》って貰おう……！」

「しかし……」

「六之輔！」

六翁が、絵筆を捨てて、振り向いた。

「お前、謝罪りに来たのか？　理屈を言いに来たのか……？」

「お詫びに上ったのです……」

「君はこの頃、東京で偉い人やそうな、そんな偉い人が、今頃こんなところでマゴマゴしていては沽券にかかわるぜ。早う帰ってくれ、儂《わし》もこれ以上聞きとうない……」

六翁は、そのままスッと立ち上りながら、

「この金も、儂から請求した覚えはない。君から牛田に礼を言うて渡すべきが順序やろ……！」

抛り出すはずみに、袱紗がとけて紙幣がハラハラと畳の上に散った。

「それから、もう一つ言うておく。今後、山村とも六之輔とも名乗って欲しうない。したがって山村流の舞踊は演って欲しうない。一応封じるによってなあ……」

そう言い捨てて、部屋を出て行こうとする六翁へ、

「家元、まあ待ってやっておくなはれ！」

葉村が、縋りつくように止めた。

（牛田がそんなにも可愛くて、六之輔がそんなにも憎いのか……）

六之輔も、さすがに恨めしさが先に立って、思わず、

「家元……！」

と、燃えるような眸で見上げた時であった。

襖を慌しくあけて、女中が顔を出し、

「杵屋の若子さんが、お見えになりました」

と取り次ぐのももどかしそうに、若子の蒼冷めた顔がチラと見えた。それを見ると六之輔は、夢遊病者のようにツッと立って次の間へ出た。顔からスッと血の色が褪せて、紙のように白かった。

「あ、六之輔さん……」

と言っただけで、若子の眸が暗然とし、ちょっと首を振って見せたが、そのまま項垂れてしまって、

「おつまちゃんが、くれぐれも家元へよろしう、と……」

と、啜り上げて突っ伏した。

覚悟はしていた。が、さすがに総身の力が脱けはてて、まさか、ちょっと留守にしたこの暇が、死目に外れて永劫の別離になろうとは。畳の縁がグッと口を開けて、六之輔の体が滅入り込んでしまうかとばかり、ヨロヨロと崩折れてしまった。

「六之輔はん、家元は心にもないことを言うているのだっせ。東京の噂や、評判を聞くたびに、六翁の跡を襲げるのは六之輔より他にないと、いつも喜んでいやはるのだす」

と、時枝が傍に寄って来て、済まなさそうに面を伏せ、

「けど、牛田はんへの手前、あんたの肩を持つ訳にも行きまへんやろ……」

「…………」

「阿呆な子ほど気にかかる、と言う譬《たとえ》もおますやないか。家元《うちのひと》もいつも言うていやはります、『六之輔は儂の力を借りんでも、一本立の立派に出来る男や。そこへ行くと、牛田は……平助は』」

時枝もいつか、すすりないていた。

「多田君、僕が一緒に来たのが悪かった。気がつかずに済まない事をした。そのために、家元も裸になれず、君も水入らずになれなかったんやなあ……」

葉村が憮然として言った時、

「おつまちゃんが待っています。さあ、早う……」

若子に促されて、六之輔は悄然と立ち上った。もう物言わぬおつまではあるが、死顔になっても、さぞ自分を待ちかねているだろうと思うと、六之輔はよろめきながら心が急《せ》

いた。

七

〽松の常盤による波の、さす手ひく手の末広や、末ひろがりに壽も……

短い曲ではあったが、六之輔が身も心も豊かに舞い終り、

〽いく十返りの、春のよそほひ……。

と、最後のポーズにかっきり極《きま》ると、さしもの日比谷公会堂を埋め尽した花のような多彩な観衆が、恍惚とした夢からさめたように、潮のような拍手を送った。その中をスルスルと幕が引かれて行った。

日本舞踊総会の臨時大会として催された紀元二千六百年芸能報国会に、山村六之輔は本名多田章太郎として、新しい上方舞踊創造の第一歩を踏み出した。六之輔は、その首途《かどで》の演目《だしもの》として師匠六翁にも、女房おつまにも縁のなかった「松の常盤」を、せめて今日の晴れ舞台から、二人に贈ろう……と、決心した。そして、それが今、華々しい拍手の波に乗って、今しも幕に包まれようとしていた。

六之輔は、眼の前に引かれて行く「多田章太郎君へ」と鮮かに書かれた引幕の字を裏から眺めながら、最後の極ったポーズから吾にかえろうとした時、舞台一面に引かれた幕の上手寄りに「山村六翁より」と書かれた字を見て思わず眼を擦《こす》りそうにした。

思いがけない、家元六翁から贈られた引幕である。いつ贈られて、誰の手で今日の首途《かどで》の舞台に引かれたのか、六之輔はちっとも知らない出来事だった。

雛壇の長唄連中が、六之輔に、

「お目出度う御座います……」

「お疲れ様でした」

と挨拶しながら楽屋へ引き込むのも気づかぬように、六之輔は幕を瞶《みつ》めて舞台から降りようとはしなかった。

「多田君、師匠って有難いもんだねえ」

そう言って六之輔の肩を叩いたのは、花柳壽左衛門だった。

「六翁さんは君の今日の首途《かどで》を祝って、私を通じてこの引幕を送って来た。私は、わざと何も言わずに、君に黙ってこの幕を引かせたんだ。その方が、君は一倍、六翁さんの志を喜んでくれるだろうと思ってね」

「エッ、では、山村の家元が、貴方を通じてこの引幕を……」

六之輔は思わず壽左衛門の手を堅く握った。

「多田君、実は六翁さんの口止めできょうまで言わなかったが、君がはじめて上京した時、六翁さんは私の許へ手紙を寄越して、『六之輔の事をくれぐれも頼む。彼《あれ》は私に過ぎた弟子だ。立寄れば大樹《おおき》の蔭、広い大きい東京で手足をのばさせてやってくれ』私も『貴方になり代って、出来るだけはやらせてみましょう……』と約束した。多田君、君も一人前になんなすった。この引幕の前で、もう打ち明けてもいいだろう……！」

壽左衛門はそう言って、も一度強く励ますように、六之輔の肩を叩いた。

「多田君、師匠というものは有難いものだねえ……」

六之輔は、じっと動かずに立っていた、「山村六翁より」と書いた六文字が、だんだん涙に滲んで行く。

幕の向こうに、まだ余熱《ほとぼり》の冷めきらぬ観客の礼讃が、潮騒のようにいつまでも聞えていた。

三階席の女

一

市電の窓から見た尾張町《はつとり》の大時計は、九時にまだ七、八分も前だったが、歌舞伎座の前売切符の売場は、もうかなりの人だかりだった。

(やれやれ、こいつは少し遅すぎたわい)

多田はいささかウンザリした表情で、三原橋の安全地帯の上で立ち止った。

六時に起きる事は起きたが、窓の外の烈しい陽光《ひざし》を見ると、この炎天下へ二時間近く立たされたんじゃあ……と、ちょっと出足を渋らせて遅くなったのである。午前九時発売の、その直前だのに、もうゾロゾロと蜈蚣《むかで》のような人の列が匍《は》っていた。

翌月の興行に対する人気の消長は、前売の三階券へ殺到する人足《ひとあし》で、ほぼ見当がつくという。九月の興行は二ケ月振りの菊五郎が、政岡で見せる「伽羅先代萩《めいぼくせんだいはぎ》」が果然人気の中心であった。それにしても菊五郎が出演《で》ると出演《で》ないで、こうも客足が違うかと、行列の一番ビリに立って、多田は今更のように見廻した。

それにしても、事変前のあの長蛇の列にはてんで比較にならない程度で、こんな事にも銃後の暇《いとま》無き緊張がハッキリと表現《あらわ》れた。早慶戦の外野券とは反対に、男はもう数えるほどしか見えない。臙脂《えんじ》や、黄や、水玉や、多彩な色の洋傘《パラソル》が花のように日向に並んで、

「前売切符を買うのと、当日と、こうなると芝居見物も二日がかりね」

「でも、それだけ楽しみが二重になる訳よ」

「全く。ほほほほほ」

嬉しい愚痴が一わたり済むと、今度は俳優《やくしゃ》や狂言の噂が一しきり弾む。

だが、暑熱《あつ》さはうだるようである。それでも歌舞伎座の高い建物の影や、洋傘《パラソル》の下はまだよかった。多田は、ものの三十分と経たぬ間に、舗装土《アスファルト》へ草履のかたが沁みるかと思うほどビッショリとなりながら、何の因果でこうまでしなきゃならないんだ……と、自分の貧乏と芝居好きが、つくづく恨めしくなった。

その時であった。ずっと前方《まえ》の日蔭になっている列の辺から、その女が、頬を染め、俯向きがちにスーッと近づいて来ていた。

(ああ、あの時の女だ……!)

と、突嗟に頭へ来なかったのは、瑞々しい丸髷が鮮明な印象になっていた髪容《かみ》が、その日は変っていたせいであろう。女は、

「また、お目にかかれましたわね。私、もしかしたら、とは思ったんですけれど……」

四囲《あたり》の視線が一斉に注がれているのを、気がつかぬ風をして、伏目勝ちに多田を見て、

「その節はいろいろお世話になりまして」

と挨拶し、形のいい額へかかる洗い髪のほつれを、ほっそりした小指で掻き上げながら、

(髪が変っているから、見違えていらっしゃるのねえ……)

というように、切れ長な眼がつつましく笑っている。多田はすぐにはちょっと返事が出ずに、

「その節は……」

女の言葉を、鸚鵡《おうむ》返しみたいに言って、

(照れてるな……)

と、自分で可笑しいほど固くなっていた。

「私、あすこですの」

女は、並んでいた日蔭の辺りを振り返って、

「ここと代らせていただきますわ。私、傘を持っておりますから……、どうぞ」

「ナニ、僕はいいんです」

「でも、ここは暑くって大変ですわ。それに私、きょうは遅くなってもかまわないんですから……」

「僕だって遅くなるのは平気ですよ」

(どうせ失業状態で、早く帰ったからって、誰が待っているというわけでもなし……)

そんな言葉が浮んで来たが、ジロジロこっちを眺めている行列の眸《め》を見ると、クスリと一つ苦笑しただけで止《よ》した。途端に、思い出したような微笑に変った。

「貴方こそ、いつかのように、また、暑さにあてられて倒れたりしちゃあ困るからなア……」

女も、釣り込まれたように艶やかに笑って、

「今日は大丈夫、本当に代りましょう……」

と幾度か押し返して言ったが、多田は動かなかった。女は諦めてなんとなしに訊ねた。

「今度は、何日に御覧なさいますの？」

「さあ、何日ということはないんです。いい座席《ばしょ》のあったとこ勝負で、決める心算《つもり》です」

「まあ……」

女は、美しく微笑を残して戻って行った。

多田はもう、忘れるともなく忘れていた女の事だったが、今朝も、ちょとしたら逢うのじゃないかナ、と、ふと思った。そして逢って見ると、仄かな思いがあたたかく胸へ戻って来た。

二

先々月の前売開始の日だから、あれは六月の末で、矢張りここに並んだ長い列の中ほどであった。かっとした八月の暑熱《あつさ》には、時に一抹涼風の訪れもあるが、炒《い》りつけるような六月の陽射しの焦立たしさは、却ってこたえた。

多田の直ぐ後ろに、その女はつづいて並んでいたが、透徹《すきとお》るように白々と項垂《うなだ》れた襟足へ、丸髷の後れ毛が戦《おのの》くように顫《ふる》えているのは、いかにも苦痛に堪えているらしく見えた。

そのうちに、女の軀がはげしく揺れて、ガックリと前へのめりそうになった。

「気分が悪くなったんですね？　しばらくどこかで憩んでいらっしゃい。まだ二時間くらい、順番は来やしませんよ……」

その時分に戻って来れば、間に合うだろうと教えてやった。女は言葉少なに眼で感謝し、附近の喫茶店ででも憩んでいたのか、ちょうど多田が売場の入口にかかった頃に戻って来て、列の中に入ろうとした。それを、劇場の整理係の男が文句をつけた。

その男は、女が列に並んでいたのを見ていなかったし、列を離れたりそんな勝手が通るなら、誰も辛抱して並ぶ者はない、というのだ。多田は、ハタと当惑している女に希望の日を訊ねてから、その男へ聞えよがしに言った。

「僕が二枚買う分には文句はない筈だね？」

一人に、三枚までの規則だったからである。

女が、六の日をと答えたので、十六日の三階の前列を二枚買い、一枚を女に与えた。

そんな事から、多田はその女と席を並べて芝居を見る機会を作ってしまったが、それは小波に足を擽《くすぐ》られるように、そこはかとない期待が、ひたひた打ち寄せる感じであった。

当日になると、多田は、素直に開幕前から席に着いて待っていた。狂言は一番目が「熊谷陣屋」で、吉右衛門の直実《なおざね》に菊五郎が義経で顔を合《あわ》す、いわば一日中での書き入れだったが、女は、ようやくその幕の閉まった時に顔を見せた。

（あれ、もう陣屋は済んだのですか……）

当然、そんな失望の言葉の出るところだが、女は、それに未練のある様子もなく、ただこの間の挨拶だけを丁寧にした。

ちょっと浮立つ納戸《なんど》縞《しま》の鶉御召《うずらおめし》を、鶯色の博多帯で押えた、しっくりした好みだった。薄く白粉《おしろい》を刷いだ横顔へ、艶やかな丸髷がよく栄えて、それでいてどこか素人素人した科《こなし》に、多田はちょっと正体が摑めないのと、あまり身近に仄々《ほのぼの》とした風情を感じて、つい声をかけそびれた。

女は口数少く、遠慮勝ちに話した。世間話や、戦地を思うちょっとした話の中にも、よくその人柄が出ていて、気持がよかったが、中幕の開く時分から、女は急にソワソワと緊張し出した。

中幕は、魁車《かいしや》のだしもので「どんどろ」であった。

「故郷《くに》は阿波の徳島、父《とと》さんの名は十郎兵衛、母《かか》さんの名はお弓と申します」

と、笈摺《おいずり》も可憐《いじら》しい「順礼歌」のお鶴は、東京では珍しい演目《だしもの》だが、多田は大阪でたびたび見慣れた狂言であった。

そう思っていながら、泣かされていた。子供を枷《かせ》にしてする芝居にではない。魁車という俳優《やくしゃ》が、馴染《なじみ》の薄い東京で、しかも東京の肌合や時流に阿《おもね》らず、自分の身体にある上方狂言で敢然と戦っている、その闘志に、である。そして、大阪を出て来てまる五年、浅草へ開いた化粧品店も潰し、他人《ひと》につかわれても見たが、それも続かず、世に拗ねている現在《まい》の自分に引き比べた不覚の涙であった。

多田は慌てて涙をかくし、四囲《あたり》を見た。客席はもう、そこここで啜り上げていた。

〽ちちははのめぐみもふかき粉河寺《こがわでら》……

母子一世の別れと知らずに、ふりかえりふりかえり花道へ消えて行くお鶴の姿。込み上げる嗚咽をくいしばる声が、すぐ近くでしたので振り向くと、その女であった。多田は見ないふりをして、すぐ眸をそらした。舞台の哀れに惹きつけられたにしては、只ならぬようにも感じられたが、それだけ涙脆い性質《たち》なのだろうと、多田は思った。

女も、それと察したか、手早くハンカチで眼を拭いたが、まだ涙が止らぬか、幕になるまで時々目がしらを押え押えしていた。

幕が閉ると、女は帯の間から懐中鏡《コンパクト》を取り出して、しばらく化粧を直していたが、やがて、

「私、泣き虫でしょう。お笑いになって……？」

と、羞じらうような笑顔を向けた。ぽっと腫れた二重瞼が、膨らんだ花弁《はなびら》みたいだった。

女はそれから、二番目狂言の「志渡寺《しどでら》」で、乳母のお辻が坊太郎の啞を癒そうと、命を捨てて水垢離《みずごり》をとる場まで見て帰った。

（子供の出る芝居が、余ッ程好きなんだナ）

多田は、そう思って独りで微笑んだが、そのせいか、お鶴や、田宮坊太郎に扮した澤村美代丸という子役が、妙に印象に残った。

翌月の前売の日に、多田はもしやと思ったが、その女は見えなかった。そういえば菊五郎も休演、子役の働く狂言も無かった。

そして、今日である。

ふと気がつくと、列は知らぬ間にかなり進んで、もうあの女の姿は見えない。軽い失望に似たものを感じた時、

「あの、失礼ですけれど……」

女が、傍らに立ち、ソッと切符を差し出して
「何日でもおよろしいのでしたら、どうぞ、これを……」
多田が、ちょっと慌てているのへ、微笑んで
「この間いただきましたお返しですわ。差し出た事をして、すみません……」
女は、多田が何か言いかけるのへ、静かに会釈を残して、もう歩き出していた。

三

切符は、六日の日付になっていた。

「先代萩」が一番目に据って、菊五郎の政岡に、千松は澤村美代丸である。あの女は必ず序幕から来るだろう、と多田は思った。

開演の四時に、二十分も早く出掛けたが、果して女はもう来ていた。

(私の方が早う御座んしたね)

というように、明るい笑顔で多田を迎えた。

「今日は政岡がお見当てですね、先月は見えなかったようだが、貴女、菊五郎贔屓《ひいき》?」

と、笑って訊くと、

「ほほほ、お見当てにも贔屓にも、三階の御連中様ではねえ」

「お互い様に」

「それよりあの、美代丸って子役さん……」

「そうそう、貴女、あの子が大変お好きのようでしたが？」

「あら、私が泣かされたからでしょう？」

美しく睨む真似をして、

「私、今日もまた泣くかも知れませんわ。きまりが悪いけど……」

と、面映ゆそうに、ハンカチで顔を煽ぐようにした。女は、その日も丸髷に結っていて、水色の手絡《てがら》が涼しかった。

やがて快い柝《き》の音に、舞台一面竹に雀の金襖が展がり、場内のざわめきへ、デデンと竹本の撥《ばち》が、荘重な波紋をひろげて行った。

女は慎ましくして観ていた。だが、それも最初のうちだけで、次第に惹かれて行って、

「腹が減っても、ひもじゅうない……」

と、千松が渋面し出すと、頻りにハンカチを弄んで、涙を堪えていたが、「雀の歌」の

時分には、もう堪《こら》え性なく噦《せ》き上げていた。

(何かある……)

と、そう思った。千松殺しの件《くだり》になると、女は、黙って座席を立った。血の気の失せた横顔が、たよりなげによろめいて行った。

多田はハッとした。舞台は、菊五郎がさわりの間《あい》に、いかに彼らしい新手を見せるか、立ちにくかったが、思い切って廊下へ出た。

女は、グッタリと長椅子《ソファ》に凭れかかり、肩が、膝が、喘ぐように揺れていた。

「薬でも、そ言って来ましょうか?」

その声に、女はハッとして居住いを直したが、相手が多田だと分ると、ホッとして、

「すみません。御迷惑をおかけして……」

蒼ざめた顔を、歪めて、笑おうとした。

多田は、少し離れた椅子へ腰をかけ、

「本当に、どうしたんです?」

静かに訊いた。女もようやく落ち着きを取り戻したか、涙に濡れた膝の辺りを拭きながら、

「貴方は、もう気がついていらっしゃるかも知れませんが……」

と、眸を伏せて言った。

「あの美代丸という子役さんが、私の……」

矢張りそうだ！　身寄りの女なのだ——と思ったが、女の話は少しちがった。

「私の、この春、亡くしました娘にそっくりで、あんまりよく似ているものですから、それでつい……」

また思い出したか、ハンカチへ強く顔を埋め、はげしく肩を波うたせて泣き入った。

(そうか。それで美代丸の出演《で》る芝居を……。そして、あんなに泣かされるのか)

拍手が、遠い潮騒のように、響いて来た。

多田は、却って傍にいない方が女の心も鎮まり易いかと考えたが、さすがに気にかかり、姿が遥かに見える喫煙室の椅子に腰を下して、袂からバットの箱を取り出した。

「多田はんやおまへんか？　淀屋橋の……」

唐突《だしぬけ》に、思い掛けない時に、思い掛けない大阪弁だったので、ギョッとして振り返った。

「おお、君は……、佐川君やったなあ？」

つり込まれて、ふと口に出た大阪弁が、自分の耳に淋しく響いた。

「そうだんがな。旦那やとは思いましたけど、大阪と東京でっしゃろ？　もしや、となあ」

父親《おや》譲りの大阪の店《せ》が、まだ淀屋橋にあった頃、現在《いま》でさえ好きな芝居だけに、金の廻ったその時分は、いろんな俳優が総見《くみ》の券《ふだ》を毎日のように持ち込んで来た。その中で新派の福井茂兵衛の番頭をしていた、佐川であった。

「旦那が東京なら早う御挨拶に上って御贔屓願わなならんのに、えらい損をした！」

相変らず饒舌《おしやべり》な大阪弁で喋口るところによると、福井の死んだ翌年に上京し、今では、澤村訥子の番頭になって働いているというのである。

「お頼ん申しまっせ。いずれ、訥子の親方をお連れして、御挨拶に上がります。ほんまに、旦那にお眼にかかれて、こっちは千人力や！」

昔日《むかし》のままの羽振りと思って、幾度も幾度も頭を下げられるのを、自分とは遠い、侘しい気持で眺めていたが、紀の国屋《きのくにや》と聞いて、ふと頭に泛んだのは、澤村美代丸の事であった。同じ澤村を名乗る以上、ひょっとしたら訥子の弟子でもあるまいか、と訊ねて見た。

佐川の話では、美代丸は澤村美代太郎という女形《おやま》の息子だが、母は早く死に、父にも先立たれた寄る辺のない孤児《みなしご》で、宗十郎が哀れんで内弟子同様に面倒を見ているという。

「言わば一門みたいなもんだす。子柄がよいので楽屋の誰にも可愛がられ、将来《ゆくゆく》は好え俳《やく》優《しゃ》になるやろと評判のよい子です。けれど、どことなしに淋しい子でなあ。親の無い子はどこぞで知れる、指を咬えて門に立つ……」

と、ちょっといとおしそうな眸をしたが、

「どうぞ、贔屓にしてやっておくれやす」

そうつけ足した。

「贔屓と言ったたって、尾羽打ち枯らした現在《いま》の身の上ではねえ」

「阿呆らしい。旦那みたいな枯らしようなら尾羽打ち枯らして見たいもんだんな」

「見給え。三階のお客だよ」

「へえ、どんな風の吹き廻しでんね？　下情視察というやつだっかいな？」

と信じなかった、そのうちに、多田の頭へ、ふと一つの計画が盛り上って来た。

「贔屓という程じゃないが、あの美代丸って子に御飯でも食べさせようじゃないか」

「結構だんな。旦那に目をかけて貰うたらあの子の運開きだす。そんなら、いつ」

「いつって、きょうだよ」

さぐるように、相手を見て、

「きょう、これからでは都合が悪いかね?」

「いえ、都合が悪いなんて……」

機嫌を外らすまいと、慌てて言った。

「あの子はまだ切狂言《きり》に一役おますので、それまでにお暇いただかんなりまへんが」

「僕も、そうゆっくりしていられないんだ」

近いところで、築地の「玉水」ででも、と約束した。会社勤めの頃、よく出掛けた割烹店《みせ》である。「玉水」の支払いと佐川への祝儀《こころづけ》が、やっと足る持ち合わせが幸いあった。

「先代萩」が終ったら、佐川が美代丸を連れて、歌舞伎座の玄関まで出る手配がきまった。

女はようやく感情が鎮まったか、身繕いして客席へ戻って行くのが見えた。多田はそれを遠くに見て、自分の計画をもう一度、心の中でニッコリと繰り返した。

四

「こう見えても、僕にも、亡くなったお嬢さんと、同じ年頃の娘があるんですよ」

「先代萩」の幕が閉ると、多田は話を切り出した。母のない片親育ちだと話すと、女は心を搏たれたように、コックリと頷いた。

「まあ、お気の毒に、男手一つでは、さぞねえ」

「女親の愛に、餓えているもんですから」

「お可哀想に……」

「この幕間に、下の玄関まで来る事になってるんですが、会ってやってくれませんか」

「ええ、会わせていただきますわ。是非」

「きっと、娘は喜びます」

「私こそ……」

計画はスラスラ運んで、多田が女と並んで表玄関に立つと、待ち兼ねていた佐川がめざとく見て、美代丸の手をひいて近づいて来た。

昔に変らぬ芝居国の風俗は、ここにだけ時代の流れが流れとどまるかと思えた。大柄模様の振袖を裾長に着て、水色羽二重の兵児帯も豊かにダラリと結ばれている。品のいい口許が仇気《あどけ》なく綻びかかり、睫毛の長い夢みるような眸に、人懐っこい微笑みを湛えて近づいて来る美代丸の姿は、これが男の子かと、女より先に多田は、軽いときめきさえ感じた。

女は、と見ると、早くも多田の真意を掬みとったか、眼を潤ませて、沁み入るように瞶《みつ》めていた。舞台よりも、ここに佇む美代丸こそ、亡くした娘に似ているのだ——と多田は信じた。

「ついでに、も一つお願いがあるんです」

と、女の耳許へ、小さい声で、

「お差支えなかったら御一緒に、この子に夕飯をたべさせたいと思うんですが」

女は、さも嬉しげに感謝を籠めて頷いた。多田は、手早く祝儀《こころづけ》を握らせて佐川を去らせると、

「さあ、美代丸さん。おばさんにお手々をひいていただこうかな？　ほらほら……」

とさそいかけた。美代丸はコックリして、遠慮勝ちに左手を出し、女の顔をソッと見上げた。そのまともな視線にぶつかると、女はグッと込み上げて来るのか、言葉が出ずにただ黙ってその手を握りしめた。

築地の「玉水」は、閑雅《かんが》な関西料理だつた。式台へ出た女中は顔を覚えていて、

「まあ、お珍しい。いつも皆さんが見えると、お噂をしていらっしゃるんですの」

と、愛想がよかった。

夕暮近い庭に面した座敷であった。多田は子供本位に献立して貰うように頼み、酒は注

文しなかった。女は、多田の心尽しを、何と言っていいか分らぬように、繰り返し繰り返し礼を言った。

やがて次々に料理が運ばれると、女は、美代丸の膝へハンカチを掛けてやったり、刺身の山葵《わさび》を、ほんのポッチリ溶いてやったり、

「お椀が、熱いんですよ。ほら、よく吹いて、おばちゃんが冷まして上げましょうね」

と介添したり、嬉しさを包みきれない様子だった。美代丸も、そうされるのが嬉しそうにじっとして、幾度も幾度も女の顔を瞶めた。

「あら、おばちゃんのお顔、何かついてる？」

「ついてるねえ。白粉が……」

そう言って二人が笑うと、美代丸はふと、

「おばさんは、お父ちゃんに似ている」

と口を切り、また、女の顔を瞶めて言った。

「お父ちゃんが、お芝居をする時の顔に、そっくりなの……」

そうか。美代丸が、娘に似たというように、女も、美代太郎の舞台の女に似ていたのか……。早く死別れて母の愛を知らぬ子を、腰元や、新造や、舞台の女に扮した美代太郎が

抱き上げては、

「ほら、お母ちゃんだよ、お母ちゃんだよ」

と言ってあやしたという。幼い子は、父親の中《うち》にもう一人の母親を偲んで、懐しんでいたのだろうか……。

あどけない美代丸の口からそう言われると、女は堪らぬように、いっそ抱きしめても見たい濃やかな愛情を示すのだった。

その時、襖ごしに声がした。

「多田君、入ってもいいか？　僕だ、高木だよ」

浅草の店を潰した後、化粧品会社時代の同僚の高木が、精力型の軀をヌッと現した。二年振りの邂逅《かいこう》だった。彼がフラリと夕飯に入って来ると、多田たち夫婦（女中がそう言ったのだ）が来ている事を聞いたのだと言う。

「奥さんですか。高木です」

と頭を下げてから、グルッと眼を円くして多田を睨み、

「狡いぞ。独身だなんて、こんな美しい奥さんに、坊やまであるのにこいつ、オイ！」

背中をどやしそうにして、ドッカと座り、女中を呼んで、ここで一緒にと命じ、

「いいな、多田？　かまわんでしょう、奥さん?!」

いっさいを独りぎめにして、あははと笑った。そして酒も命じた。

その酒も強い方ではなく、二《ふた》銚子ものむと陶然として、しきりに美代丸の頭を撫でた。

もうすつかり懐《なつ》いた美代丸は、女の軀へグッタリと凭れかかり、羅《うすもの》の膝のあたりへ指で片仮名を、幾つも幾つも書いていた。

「やあ、おっ母さんに甘ったれてら」

と高木に言われると、照れたようにいっそう女の胸へ頭を擦りつける。女も、それをしおに、抱くようにしてソッと頬摺りをした。高木は眼を細くして眺めていたが、

「いい子だ、いい子だ。いい奥さんだ。いいなあ、君はいいなあ……」

と連発した。多田も、もはやそれに対して弁解しようとはせず、黙って、かりそめの母と子の愛情を、沁々《しみじみ》とした気持で眺めた。

「済みません。飛んでもない御迷惑をおかけしてしまって……」

高木が電話に立ったあと、女は心からそう言って、切なげな眸《め》を畳へ伏せた。

帰りがけ、多田が女中を呼んで会計を命じると、高木の分まで、それはいつの間にやら女が済ませてしまっていた。

五

それから四、五日たった日曜日、高木は朝早く多田の家へ飛び込んで来て、枕許へ坐り、

「おい、もう一遍勤務《つと》めろ、話を決めて来た。厭とは言わせないぞ!」

と、頭から決めつけた。

決めて来たというのは、多田が以前に勤務めていた化粧品会社の椅子である。もともと坊ちゃん気質《かたぎ》で、大阪の店も、浅草の店も潰したくらいだから、他人に使われて長続きする筈はない。

辞めた理由も、貧乏は知っていても苦労を知らぬ坊ちゃん気質と、独身《ひとりみ》の気易さからだったが、失職以来二年間、今度はつくづく世の中の、渡りにくさを味わった。

たまに、名も知れぬ化粧品の仲介《ブローカー》などして、糧だけ得ている生活の中に、次第に世を拗ねて見る自分が、頭を擡《もた》げ出して来る。

高木の話にも、素直には肯かなかった。

「君って人間は、他人に使われるように出来ていない。だから今日まで打棄《うっちゃ》って置いたん

だ。人間一人くらい、何をしても食って行くだろう、とナ。しかし、細君や子供があると分れば、黙って君の勝手を許しては置けん。首根ッ子を押えても、働かせなきゃならんのだ！」

これ以上僻《ひが》むことは自分でもやりきれないし、高木の親切にも感謝していながら、なんとかかとか愚図ついていると、相手は、思い掛けないことを言い出した。

「だいいち、女房を働かせて、自分はのんびり構えているなんて、君らしくもないやり方だぞ」

「女房を？」

思わず膝を立て直すと、

「駄目駄目、調べは行き届いているんだから……」

ニヤニヤ笑って言うのには、女は「富貴」という、上野の、それも一流の懐石料理店に働いていて、高木は昨日行って逢ったという。女は、多田のことは話を避けて語らなかったが、彼の洞察力によると、なにもかも分明したという。多田は、敏捷さに半ば呆れながら、

「それにしても、よく居所が分ったね」

と言うと、高木は、得意満面という態で、

「ふふん、悪いことは出来ないものさ」

と、ポケットから一個の燐寸《マッチ》を取り出して、前に置いた。なるほど、それは「富貴」の広告燐寸《マッチ》である。彼の説によると、「玉水」の時、何気なく煙草を喫おうとすると燐寸が無かった。女中を呼ぼうとすると、女は手早く袂をまさぐって燐寸を取り出し、つけようとしたが、生憎それは空であった。すると女は、更に袂から同じ燐寸をもう一個取り出してつけたという。同じ燐寸が袂に二個……、直ぐピンと来て、ソッと一個をポケットへ忍ばせたという。

「こう種《ネタ》が上がっちゃ、否応は言わせない」

全く否応無しに話はドンドン進められ、多田は再び昔の椅子に腰を下ろすことになった。

その話が片づくと、一度女を訪ねて見たかった。そうした職場の女とは思えない、淋しいまでのしとやかさが、なんとなく心を惹いた。

その矢先、会社では、売捌店招待の観劇会を来月歌舞伎座で催す予算が通過し、芝居の事なら多田君に……と、その交渉一切を受け持つ事になり、早速佐川を介して、日取りも六日に決めさせた。

やがてその月の末、また、翌月の三階席を獲得する前売発売の日がやって来た。多田は待ちかねたように朝早く出かけて行った。女は必ず来ているに違いない。中幕に、宗十郎の重《しげ》の井《い》に、美代丸の三吉で「恋女房染分手綱《こいにょうぼうそめわけたづな》」が出ていたから。

多田は、その日は列には並ばなかった。六日の招待券を一枚懐ろにして、長い列を眺めていた。思えば久しい毎月を、並びつづけた前売りの列である。何とはなく感慨ぶかい思いで、そのひとりびとりが眺められた。

女は、なかなか姿を見せなかった。後から後から繋がって、さしもに長かった列も、二時三時には半分になり、夕方近くなると続く人も粗らになった。女はとうとう姿を見せなかった。

多田は、何となく気がかりであった。未練なようではあったが、思い切って「富貴」へ電話をかけて見た。そして、女は二、三日前に、その店から暇をとったと聞かされた。

六

〽見れば、見るほど、我が子の世の助、守袋も覚えある……

床の義太夫の哀音に、乳《め》の人《と》重の井が裲襠《うちかけ》を翻して、馬方に成り下っている三吉を抱こうと身を悶える。が、そうしては乳を差し上げている調姫《しらべひめ》に、馬追《うまおい》づれの乳同胞《ちきようだい》が出来る。お家の瑕瑾《かきん》、姫君の一大事である。

〽百千いろの憂き涙、二つの眼には、たもちかね……

近松の名文句と、可憐な三吉の馬追姿が、満場の涙を絞る「戀女房染分手綱」の高潮である。もし、隣席にあの女がいたならば、もう、身も世もあられず泣いているだろう。多田は、ふっと淋しく隣《となり》席を見た。そこには高木が坐っていて、舞台を見ずに客席のあらぬ方を凝視していた。

六日の、売捌店招待会……。歌舞伎座の二階桟敷であった。

日も同じ六日である。もしやと、思って現在《いま》はもう縁のなくなった三階席に立ち、二度も隈なく眺めて見たが、女の姿は見えなかった。多田はもう失望せずに、招待客の顔が一通り揃ったので、この中幕から観はじめていた。

その時、高木が素頓狂な声で、

「なあんだい。来ているのか」

噴き出しそうに、多田の真面目な顔を見た。

「一緒に来ているなら、一緒に観たらいいじゃないか？　君は変な無駄する男だなあ」

「来ているって、何が……？」

「何が、はないでしょう。細君。奥さん。それで悪ければ、令夫人と申し上げようかな」

多田は、さすがにハッとした。

「それはそうと、あの兵隊さんは誰なんだい？　奥さんの隣席の、あの上等兵殿は？」

という高木の、指《ゆびさ》すような視線を追って行くと、なるほど、そこに歩兵上等兵の軍服姿の青年に並んで、女の姿を見出した。一階席の中ほどであった。

今日は丸髷ではない、清《すが》しい洋風にとり上げた髪に、根締《ねじめ》の翡翠が、さも長い間の肩の荷を下したというようにしっくり落ち着き、あの淋しかった容貌《かおだち》の、頼りなげな横顔も、どこか明るく冴々《さえざえ》としていた。

兵士は、と見れば――一目見て、それが誰だか、多田にはすぐ分った。日灼けのした広い額、まるまるとして頬の、赭らんだ色にも長い辛苦が偲ばれ、そして、眼鏡の下から舞台の美代丸へ送る温かな眸《まなざし》や、時々眼鏡を外して、ソッと眼がしらを指で弾《はじ》くようにするその科《しぐさ》が、それをハッキリ語っていた。

兵は、新しい帰還兵なのだ。今日の休暇を、舞台の美代丸を通じて、死んだ娘に遭いに来たのだ。そして女は、良人《おっと》の帰還と共にその勤め先を辞《や》めたのであろう。この春亡くした娘……と言った女の言葉を思い合わすと、それは良人《おっと》が出征中の出来事であったのだ。恐らく戦地へは知らせる気にはなれなかったろう。そうした自責の念に、娘恋しの女心がひとつになって……隣席の薄暗《やみ》に嗚咽を堪えて、泣いた心を思いやると、多田ははじめてホロリとした。

〽不愍《ふびん》や三吉しくしく泣き、頬冠りして眼を隠し、沓《くつ》みまつべて腰につけ、みすぼらしげな後ろかげ……

母の姿を振り返り振り返り、美代丸の三吉は花道へかかった。間もなく幕である。多田は今日の接待役を手伝って廊下をウロついている佐川を呼んで、何事か命じた。今日は多分の祝儀になっているので、佐川はペコペコとお辞儀をし、

「よろしあす。直《じ》きだす、直きだす！」

と、飛ぶように楽屋の方へ走って行った。

やがて幕になると、多田は目立たぬように二人の後について行って、喫茶室へ入るのをたしかめた。

しばらくして、二人が並んで出て来た時である。

「あら……」

軽い驚きの声をあげ、女は眼を瞠《みは》って佇んだ。そこには、白粉を落としたばかりの美代丸が、まだ駈けて来た動悸が鎮まらぬか、息を弾ませて立っていたが、女の顔を見ると懐しそうな笑顔を向け、さらに、傍の兵士に向って丁寧に頭を下げ、

「小父《おじ》さん、お帰還《かえ》んなさい！」

しっとりと、円《つぶ》らな眸を向けた。

兵士は、その顔をじっと食い入るように凝視《みつ》めたまま、暫く不動の姿勢でいたが、やがて両手を並べて前へつき出し、軀を屈めるようにして、

「おお……」

と、美代丸の肩を抱いた。

荒ッ削りな科《しぐさ》であった。が、それは兵士が、美代丸の軀を通して、死んだ娘へ投げかける、愛撫を籠めた科なのだ。赭《あか》らんだ日灼けの頰を、涙がはげしく流れ落ちた。

女は、傍らに立っている多田の姿を、目早く見て会釈をすると、良人《おっと》に告げた。改めて言わずとも、何もかも話してあったのだ。

「村井三次郎です」

ブッキラ棒に言って、兵士は挙手の礼をした。

「いろいろ有難う御座いました。お礼の言葉もありません。今日、もしやお目にかかれるかと思って来ました。先刻《さつき》から捜しました」

兵士は、つづけて、

「死ぬべきものが死にに行っていながら、不思議に命を全うして帰り、長い命の子供が死んでおりました。妻は、自分の留守中に死なせた事を言って泣きますが、自分は娘が、もう一度御奉公出来る命を、自分にくれたのだと信じております」

と言った。

その緊張した瞬間を破るように、ヒョッコリと高木が顔を出し、

「やあ、奥さん。先日は……」

と言いながら、ふとただならぬ雰囲気を感じた。兵士と並んだ女の姿、美代丸の手をひいて立っている多田の姿、その中間に立って暫く両方を見比べていたが、やがて、しきりに小首を傾げはじめた。

兵士は、もう一度美代丸の顔をうっとりと見ていたが、

「そうだ。娘にと思って、持って帰った支那《むこう》の玩具《おもちや》があったっけ。あれを、そっくりこの

子に上げてくれ。いいか、智恵子!」
と妻をかえり見た、女は、頷いて、潤んだ眸を伏せた。
智恵子——。それが女の名であることを、多田はその時はじめて知った。

月の道頓堀

のれん

「彼奴《あいつ》、己《おのれ》の家ののれんに泥を塗る奴や。昔なら、屋尻《やじり》も切りかねんやろ……」

屋尻切り、と大阪固有の古い言い草で、口を極めて罵るのは平野町の叔父である。もう六十近い齢《とし》を、遥かに若く見せるガッシリした額で、一座をジロジロと、睨め廻して言った。

むし暑い親族会議が、毎日つづいた。今日も相変わらず、姿を見せない信一の評判は、散々である。二十八という齢は若くても、本家「井筒」の当主である以上、少々の勝手気儘は誰しも黙許したが、今度のひでとの一埒《らつ》だけは、

（この御時勢に、何たるこっちゃ！）

親族一同、眉をひそめた。

「他のふしだらはまあ好え。が、ひでとはいったい何者や？　この『井筒』から暇を出した宗七の娘やないか？　そんな女と、川一つ隔てただけの目と鼻の先で、これ見よがしに暮すとは何事ちゃッ?!」

叔父が、川一つというその道頓堀のドス黒い水が、いっそうむし暑く夕方の陽に光って、明け放した障子の向うで、照りかえした。

「井筒」は、やぐら、二つ井戸などと共に、大阪名物粟おこし屋として、道頓堀に古い歴史を持っていた。「弘化二年六月創業、官許粟おこし」の金看板や、梅鉢の金具を打った漆塗りの唐櫃《からびつ》や、通い箱が、古格《こかく》を重んじる什器諸道具類と共に、通行人の眼を由緒ありげに瞠《みは》らせる。

「信一もやが、かりにも主人に当たる信一を唆かしたひでで、またそれを見て見ぬふりをする宗七も、揃って恩を知らん奴ばかりやッ！」

叔父は、噛んで吐き出すように言い続ける。

その時、次男の豊二が顔を上げた。

「けど、宗七は店から暇を出した男でしょう。その宗七やひでに、昔の恩や義理を強いるのは、すこし見当違いのような気がします」

「ほう、お前の言い方では、宗七は馘首《くび》になったさかい、恩義はないというのやな？　宗七が、年甲斐もない相場狂いで費消した金は、三千円以上や、それを表向きにせず、暇を出すだけで赦したのは大きな慈悲や。彼奴《あいつ》はこの店へ、足を向けては寝られん筈の人間や」

　相手が肉親の甥だろうと、親子ほど年齢が違おうと、お構いなしに噛み付いた。

「そんなド性根やから、親の罰が子に報い、ひでも芸妓《げいしや》になって苦労せんならん」

「それは、宗七が失業して、困った挙句です」

「すると、ひでが芸妓になったのは、宗七を馘首《くび》にした儂《わし》のせいやと言うのやな？」

「そういう意味で、言ったのやありません」

「では、どういう意味や」

　豊二は、それ以上言うことをやめた。

　五十の坂を越した宗七にとって、三十年という長い年期を入れた奉公は、一生をかけたも同じだった。相場狂いと叔父は一口に言うが、人並みの度胸があったら、その土壇場へ来るまでに乾坤一擲《けんこんいってき》の機会は度々《たびたび》あった。が、小心で律儀な宗七は、ただ禍いの小ならん事のみ欲して追い詰められた。

また、宗七の三十年勤続の功と、二番番頭としての労を犒《ねぎら》うためには、近いうちに娘のひいでに婿をとって分家させねばならぬ。これに少くとも小一万円の金は要る。それを三千円の費消《つかいこみ》で相殺したのは、平野町の叔父の辣腕《ふるだぬき》だという噂がある。分家、別家の制度は、どの商家にとっても頭痛の種で、そうした例はよくあったし、中には、別家する直前、酒や女の陥穽《おとしあな》にかける残酷な法もある。だが、そんな噂が耳に入っても、叔父は嗤《わら》って、

「三千円の金は、大した問題《て》やない。が、そのために落とされた『井筒』の信用は、五万、十万の金を積んでも買い戻せん」

と、眉一つ動かさずに空嘯《うそぶ》いた。

「懲しめの処分は、岩こし（粟おこし）と同じや。柔こうては三文の価値《ねうち》もない」

その時の、いかにも叔父らしい言い草を思い出して、豊二は、その場の空気とは別に、微笑んだ。

「豊。何が可笑しいッ?!」

叔父は目敏く見て、怒鳴った。

かげ膳

ひでは、信一や豊二と子供の時から一緒に育った。早く母親に死別れたのを、信一たちの父が憐れんで引き取ったのだが、子供達の世界にはそんな隔てはなく、仲よく育った。豊二の母のそよは、後妻《のちぞい》に来たという遠慮から、白いもの、紅いものはなるべく避けたので、女気の少い家の中はまことに色彩に乏しかった。その中で、ひでは、若い男達にとって、身近に咲く花であった。まだ昏い朝明けに仄々と泛ぶ、朝顔のように慎ましくはあったが、花弁《はなびら》は、日毎に大きく鮮やかに展《ひら》いた。

その大輪の花が突然姿を消したのは、ひでが十七の年で、真夏の、烈しい夕立の日である。学校の帰りに丸善へ廻って、夕立に遭った豊二が、濡れ鼠になって駈け込んで来た。店の三和土《たたき》の突き当りが、通り庭になっている。その通り庭と中庭の間の戸をガラリと引き開けたとたん、腕を拱《こまね》いた信一の憤《いきどお》ろしい眸と、紅い風呂敷包を弄びながら立っているひでの、濡れた瞳にぶつかって、ドギマギした。

が、それを見ると、例の宗七の問題が最悪の処分ときまり、ひでまでがその罪に連座す

叔父が、番頭の清七、善七など極力とりなしたのを斥《しりぞ》け、叔父があくまで主張を押し通したのだと分ると、豊二の若い血が滾《たぎ》り立った。

「ひで、お前までがこの家を出て行かんならんのか。そ、そんなことがあるもんか」

ひでの肩を両手で揺ぶるようにし、顔を覗き込むと、濡れた円《つぶ》らな瞳に、見る見る新たな涙が溢れ上がって来た。そして、

「お軀を、お大事に……」

と、豊二の手から身を悶んですり抜け、夕立の、傘のこみ合う人通りの中へ消えてしまった。若い番頭や手代は、事情を知っているだけに、鉢のまま持ち去られる花を、ほっと吐息で見送った。豊二が追い駈けようとした時、

「豊！　信一も、こっちへ上れ」

中庭を見下す二階から、叔父の声がした。豊二はその時、憤りに顫える兄の眼を見た。

それから、もう五年近くになる。

「お言葉を返して、恐れ入りますが……」

遥か下座で、三番番頭の清七の遠慮勝ちな声がした。豊二はふと追憶からさめた。

「宗やんやおひでやんが、言わば現在無一物の若旦那を大切にしていますのは、あながち、

欲得づくやないやろうと思いますが……」

揉手をしながら言う清七へ、浜寺の叔母のジロリと剃刀のような一瞥《いちべつ》が眄《なが》れた。

「清七《せいしつ》とん。世間には盲目ばかりやと思うたら間違いやし。あんたは毎月、帯を締めたお金を、信一に貢いでるそうやなあ？」

見る見る清七の顔からサッと血が退いた。すると叔父が吃驚《びっくり》するほど大声で笑って、

「清七《せいしち》、ちっとこっちへも廻して欲しいなあ。けど、清七にそんな甲斐性はなかろう」

「いいえ、兄さんは何も知っててやないのだす。現に……」

「それが本当《ほんま》なら、清七は、大の忠義者や」

と、叔母の声を揉み消すかのように笑った。

その時、そよが、女中たちに膳部を運ばせてあらわれた。

そよは良人《おっと》の死後、女ながらも「井筒」を切り廻し、支店の数も殖《ふや》し、さすがの叔父も、

「嫂《ねえ》さんにだけは、歯が立たん」

と、一目も二目も置き、それでいて、

「優しい、思い遣りのある好えお家《え》さん……」

雇人達の、畏敬の的になっていた。

膳が並び終ると、床の前に、主のいない膳が一つ据えてある。叔父の眼が、ジロリと光った。

「嫂さん。寺子屋の松王の文句やないが、膳部の数が一つ多い。誰ぞ見えますのか」

「今日の会議《よりあい》のことは、信一つぁんにも知らしておますよって……」

「何の、彼奴《あいつ》が顔を出しますものか」

「そんなら、まあ、蔭膳《かげぜん》のつもりで……」

「あの極道に、何のための蔭膳だす」

「信一つぁんは此家《ここ》の主人《あるじ》だす。その主人に蔭膳を据えるのが、何でいきまへん」

いつにない、そよの激しい態度だった。あの優しさのどこに、こうした一面が秘められていたのかと、人々は呼吸《いき》をつめた。

「なるほど。信一は此家の主人《しゅじん》や。しかし親族会議の結果ではどうなるか分りまへん」

「それでは、美子さんはどうなります？　今井さんとの約束は、どうしなはる？」

そよは、声を励まして言った。

今井は、かつて「井筒」が財界変動の煽りを食って危機に瀕した時、その侠気《おとこぎ》によって更生した大恩人だが、無欲恬淡な彼は不遇のうちに死んだ。信一たちの父は、旧誼《きゅうぎ》を忘れず、姉娘《あねむすめ》の栄子を信一に娶して「井筒」を継がせ、妹娘の美子は豊二の妻にと、臨終の床でちかい、姉妹を、箕面の別荘へ引き取った。

快活な姉と温順な妹と、性格に相違はあったが揃って美しかった。そして当人たちも父同士の約束を固く信じていたし、互いに愛情の芽がごく自然な哺育のうちに伸びはじめていたが、栄子は二十《はたち》の春、信一との婚礼を前にしながら、胸の病いで儚《はかな》く散った。

栄子に死なれると、故人の遺志を尊重するには、美子を信一の妻に直《なお》すより道はなく、それが道だとそよは固く信じた。

「美子さんを信一つぁんのお嫁にせいで、今井さんに何とお詫びをしやはります」

すると、叔父はこともなげに笑って、

「豊二がいます。豊二と夫婦にして『井筒』を相続させたらよろしい」

「そ、そんなことは……」

「もともと美子さんは、豊二に娶すべき人や。本人達もそのつもりでいますやろ」

その時まで、じっと俯向いていた豊二が、

「僕は厭です。そんなこと。美子さんなんて、僕は好いていません」

上ずった声で叫んだ。叔父は喚くように、

「この莫迦がッ……！」

顳顬《こめかみ》に、幾つも青筋を躍らせて、怒鳴った。

玉屋町

「私には、このお金の出所が、どう考えても合点が行きまへん」

いまの先、清七が置いて帰った金包みをじっと瞶《みつ》めながら、宗七は考え込んだ。この三、四年、めっきり老込んだ白髪が目立つ。

玉屋町の、ひでの家の二階であった。粋な露路の奥、拭き込んだ格子の間から、つり葱《しのぶ》が涼しく揺れる。以前なら、朝から稽古三味線が賑かだったが、この頃はひっそり閑とした町になった。

「分っている。他に誰が金を貢ぐ。この金は、お母はんから出ている金や」

信一は、冷くその金を一瞥した。金は二百円、毎月のように届くものが届いただけだが、今日は違う。信一は、使いに来た清七の口から、昨日の会議の様子ぐらいは聞けると思ったが、なぜか清七は逃げるように姿を消した。しかし、豊二に美子を娶して「井筒」の後継者にと主張するのは叔父であり、身をもって反対し、撤回させようとするのは義母《はは》である。手にとるように信一には分る。

信一の行動はもともと計画的であった。美子を自分にと話の持ち上がった時、素早く酒と女に身を躱《かわ》した。何よりも、豊二の幸福を傷つける事を恐れたからである。信一は、その放埒の途上で、何年ぶりかでひでに逢った。蕾のままで見忘れた花が、いつの間にか真盛りに咲き誇っていた。それでも昔のままの純真なひでであった。信一の寂寥《さびしさ》を誰よりもよく理解したし、親身になって労《いたわ》りもした。信一が、ひでの献身的な真心にだけ頼る気になって行ったのは、無理からぬことだった。その時、階下《した》で格子の開く音がした。

「おひでが、お湯から帰って来ましたな」

どっこいしょと、宗七は階段を下りて行ったが、すぐ慌しく、

「あの……」

吃驚《びっくり》した顔が、梯子段からニュッと出た。

「豊二さんがお越しになりました。今井の嬢《とう》さんもご一緒に……」

信一は、バタバタと駈け下りた。

「兄さん」

無造作に、帽子を冠ったまま突立っている豊二の背後《うしろ》に、死んだ栄子が来て佇んでいるかと思って、ハッとした。美子は、生前栄子が好んで着た、薄藤色の洋装だった。姉に酷似して見えたのも、それから受ける感じであった。

「まあ上れ、美子さんもお上り」

信一が、先に立って二階へ上った。

宗七が、覚束ない手つきで、茶を運び、

「お家《え》さんも、皆はんも、お達者で……」

と、丁寧に挨拶して下りて行った。さて、というように二人はやや膝を固くした。

「どうだい、店の方は？　材料が少くて、大分に客を断るそうやが」

さりげなく、遠い話題からはじめると、

「兄さん、直ぐにうちに帰って下さい」

手をとらんばかりに、豊二が膝を進めた。

「理由は言わんでも分っている筈です。そうせんと『井筒』は立って行きまへん」

「そんな事はない。『井筒』の店に、僕のような人間は、決して必要やない。僕には、あいう堅気の商売は不向きや」

「兄さん、それは無責任です」

豊二が、奪うように言った。

「それではお母はんが可哀想だす。兄さんは、傍で見ていないから分りますまいが」

「傍で見んでも、お母はんの御苦労は分る」

さすがに信一も、俯向いた。階下《した》では、おひでが帰って来た気配がした。

「美子さんも、今日はお母はんのお使者ですか？」

「僕達は、誰にも言い付かりはしません」

反抗的に言う豊二にはかまわず、信一は、心もち痩せた美子の横顔を見た。

「私、豊さんと相談して、どうしても信一さんに、帰っていただこうと思って……」

深い、静かな湖のように澄んだ眸が、真直に非難するかのように鋭く射る。信一は、ちょっとうろたえた。

「信一さん。貴方は先刻からこの着物や帯に気がついているでしょう。今日は、私一人では負けそうな気がして、死んだ姉さんにも一緒に来て貰いましたの。姉さんのいうことなら、信一さんはよく諾《き》いて上げなさったから」

と言葉尻が涙ぐんで、

「私からもお願いします。お母さんのためにも、どうぞ『井筒』へ帰っておくれやす」

手を揃えて、俯向いた。

「しかし、僕が帰るとしても、相当問題が起ると思うが」

「帰ってさえ下されば、あとの問題は、お母さんがどんなにしても纏《まと》めると思います」

「ひでを連れて帰る、ということもか？」

豊二は、驚いたように顔を上げた。

「では、美子さんはどうなるのです？　兄さんと二人で『井筒』を継いで貰わねば、お母さんの苦労は水の泡になります」

「ほう。ますます意外や。僕はお前の口から、その言葉を聴こうとは思わなんだ」

信一は、心から寂しく弟をみつめて、

「豊二、お前覚えているやろう。何年まえの夏になるか、浜寺の海で、美子さんが浮袋を失くして溺れかけた時のことを……。驚いて助けに行こうとすると、お前が『僕が助ける、美子さんを救う権利は、僕にしかない』と言った。救う権利は訝《おか》しいが、僕はその真実さに衝《う》たれた。僕は今でも、それを忘れん」

豊二も美子も、蒼冷めていた。

「四人がいつも語り合った二組の生活設計。僕の分は画餅《ぺしゃんこ》になったが、君達の分だけは立派に完成して欲しかった。いや、実現して見せてくれるものと、楽しんでいた」

と、改まって居住いを正し、

「その美子さんが、僕に帰ってくれというのも意外や。母の苦衷を察して、ある犠牲を感じたのやろが、随分浅薄《あさはか》な考えやと思う。また、豊二が自分の口から美子さんと僕の結婚を勧めるとは、意外とも何とも、僕は今日までのことはなにもかも瞞《だま》されてたような気がする。豊二、僕を掻きのけても美子さんを救った時の、あの気持は、どうなった？　美子さんを生きながら葬る片棒を、お前は自分で担ごうとしている」

「兄さん、やめて下さい」

歪んだ顔を反向けて、豊二は喘いだ。

その時、入りかねて襖の外で泣いていたらしく、ひでが、三人の前へ崩れるように手をついた。

「すみまへん。私が悪いのでおます。私のために皆さんにも御苦労をおかけして」

信一は、労るように笑って、

「お前があやまる事はない。お前は却って礼を言われるべきかも知れん」

謎めいた事を言った時、階下から、

「姐さん。若松さんのお座敷《こしらえ》だっせ」

遠慮勝ちにひでを急き立てる、常どんの声が上って来た。

気がつくと、いつか夜になっていた。

女　客

宗右衛門町の若松の、庭に面した座敷であった。ひでが敷居ごしに頭を下げると、

「ひで、私や」

客は、そよであった。

「吃驚《びっくり》しなはったやろなあ……」

今日とは思わなかったが、いつかはこうした態《かたち》でそよの前へ坐らねばなるまいとは覚悟していたし、言い出される事柄《こと》も分かっていたし、それだけに、改まっての挨拶もわざとらしくて出来なかった。

「堪忍しとくれや、ひで」

ややしばらくして、そよが口を切った。

「いまの信一の力になってやってくれる人はあんたよりない。いつぞは礼を、と思うていたのに、こんな『紙治《かみじ》』の孫右衛門みたいな、無慈悲なことを言わんならん」

まるで、その小春にも似たひでの身の上を思い遣って、哀れさが先に立った。

「いいえ、私が一番悪いのでおます。私一人の物に若旦那をしておくなんて、そんな大それた事の出来るもんやないと分かってながら、つい、思い掛けなく拾うように手に入った仕合せを、自分から捨てることが出来まへなんだ……」

その信一を、スッと取り上げられて行くような気がして、ひでは、ともすればガックリと前へのめりそうであった。

「私は、決して信一をあんたの手から取り上げとうはない。信一かて、あんたと別れて心にもない人と夫婦になるのは仕合わせやない。けど、自分の仕合せだけを押し通しては世間が許しまへん。分るか？　私の言うことが……？」

その時、庭づたいに思い掛けなく信一が入って来た。二人は顔色を変えた。

「お母はん。此家《ここ》は親父《おやじ》の代から馴染の家《うち》だす。その家で女客と言えば、ははん、お母はんやなと、直き分りました」

信一は、かまわずそよの前へ坐った。

「けど、お母はんの言わはる、操り人形なみの理屈は、僕には分りまへんなあ」

「左様《さよ》か。そんなら改めてお話ししまひょ」

「無駄だす。あんたは『家《いえ》』と言いなはるが、『家』とは何だす？　木と土とで、人間の住むために建てるのが『家』だす。もし、手狭になって窮屈を感じたら、必要に応じて増築《たてまし》も変更《もようがえ》も出来るのが『家』だす。『家』あっての人間やない。人間あっての『家』だす！」

「私は、木や土で拵《こしら》えた『家』を言うのやおまへん。御先祖から伝わった『井筒』という……」

「それは『家』やない。『幽霊』だす。あんたはその『幽霊』を背負って、無駄な苦労をまだしなはるか？　僕はその道連れは御免だす。豊二も美子さんも、道連れにはさせまへん」

あまりの烈しさに、ひでは口が挟めず、オロオロした。

「あんたは私一人に、死ねと言いなはるか？」

「僕は、立派に生きて貰おうと思います」

「私が、生きる……？」

「なぜ、若い二人に、広い明るい道を選んでやって下さらんのです？」

「それでは、あんたが立ちまへん」

「僕はもとより希むところです」

「あんたは、それを希んでいなはるのか？」

そよの眼へ、見る見る涙が溢れ上った。

「やっぱり、私の思うた通り、あんたはそのために、心にもない不身持をして……」

「そのお高庇《かげ》で、ひでと夫婦になれたんです」

と寂しく笑った。そして、思い出したように清七の置いて帰った金を出して、

「この金は、お言葉と矛盾します。今後はどうぞ廃《や》めておくなはれ。さあ、ひで」

ひでを引き立てて、グングン廊下へ出た。

「信一さん。これは違います。このお金は私やない。信一さん……」

そよの追いかけるような叫びへも、女中《なかい》たちのとめる声にも、信一は振り返らなかった。

窓の月

汽車は岡山に三分停車して、また暗闇《くら》い夜の道を駛《はし》りつづけた。尾の道あたりででもあろうか、十日《とおか》の月が冷く海にある。夜のひきあけに下関へ着く準急車であった。ひでは、軽い頭痛がして、早くから寝台車に入った。信一は寝る気持にもなれず、食堂車へ出た。九時過ぎの食堂車は賑かだった。

信一は、酔えぬ盃を唇へはこびながら、車窓の月を眺めた。そして、昨夜《ゆうべ》それとなく別れを告げて来た道頓堀の、芝居の櫓《やぐら》にかかった月を想った。寂しく別れた月であった。

卓《テーブル》の向うには、大陸行の天晴れ拓士をもって任じる中年の二人が、盃と一緒に虹のような気焔を上げていた。抱負や企画は在来《ありきたり》で浅薄だが、意気は若さに燃えている。それに比べて、古い人情の桎梏《しっこく》に負けて、隠遁へ急ぐ自分がたまらなかった。酒には、家を出てからの苦い追憶がまつわり、人熱《ひといき》れと喧騒に頭がズキズキしはじめた。

列車ボーイが電報を手にして真中に立ち、大声に呼ばわると、さすがに人々はちょっと静かに耳を欹《そばだ》てた。

「木戸信一さん、いらっしゃいませんか？」

信一は、黙ってボーイをやり過した。呼び戻しの電報であろう。宗七が脆《もろ》くも口を割り、この汽車のことも、落ち着く先のことも白状したな、と、大きく呼吸をついた。

やがて、ランチでも注文しようと振り返った時、入口で自分を捜すひでの蒼い顔を見た。ただならぬ気配である。電報は単なる呼び戻しではなかったらしい。信一は思わず腰を浮かした。

「これ、見ておくれやす」

ひでの手がはげしく顫え、信一に招集の下ったことを、電報は告げた。

逃亡の子の哀れな己れに、眼に見えぬ大きな慈悲が働きかけ、摂取の御手《みて》がさし伸べられたのだ。信一は、静かに眼を閉じた。

卓《テーブル》へ支払いに戻ると、拓士の夢はまだ大きく脹らみつづけている。信一は、その人達のためにも祈りたい、和やかな気持になった。

汽車は糸崎で最後の上りにようやく連絡し、大阪へは、朝の十時すぎに着いた。

入隊は、翌朝の未明に迫っていて、信一は否応なしに本宅へ帰ることを余儀なくされた。

「井筒」の表は早くも賑かに飾られて、久し振りに帰宅する当主を迎えていたし、親族一

同も、今日は明るい顔を揃えていた。そよが、

「お帰りやす。この度は、お目出度うさん」

上り框へ手をつき、にこやかに迎えた。

ただ一人、平野町の叔父だけは、相変わらすニコリともせず、

「軀だけは、達者らしいなあ」

と見下すように言ったが、今日の信一は逆らわなかった。梅田の駅へ着いた時、

「場合が場合だけに、ひでと一緒に本宅の閾《しきい》を跨いで貰うては困る」

清七をもって言わしめたのも叔父である。宗七と並んで、迎えの自動車を頼りなげに見送ったひでの顔が、ふっと泛んだ。

十五夜近く

信一を正座に坐らせて、親族一同の歓送の宴が、夕方から始まった。盃ごとも一通り済み、一座は和やかな空気に溶込んでいた。信一は、その機会を巧みに摑んだ。

「お母はん。皆さん。お別れに臨んで、僕に一つのお願いがあります。豊二と美子さんの

問題です。振り返って心残りのない働きを遂行するためにも、この席で、その解決を見て発ちたいのです」

「ほう、これは信一にも似合わん立派なことを言うた。帝国軍人ともなれば、精神からして、自ずと洗い清められるものと見える」

間髪をいれずに言ったのは、もちろん、叔父だ。

「よし、幸いこの目出度い壮行の盃で行うとしよう。嫂さん、異議はあるまいな」

そよは黙って頭を下げた。信一は、ほっと心から静かな呼吸をついた。

やがて、宴がおひらきになった時、

「さあ、今度は、ひでの番や」

叔父が、ポンと信一の肩を叩いた。

「ひで？」

「儂を、粋《すい》のきかん野暮天にしてくれるな」

「ひでには、帰りの汽車の中でくわしく話し、もう何も言うべきことはありません。ひでも、改めて訊くべきこともありますまい」

キッパリ言った。叔父はじっと畳を見て、

「そうか」

と、呟いた。

信一は、この叔父に、はじめて鼻を明かした気持で、込み上げて来る痛快さに酔った。が、たちまちその反撃がやって来た。

入隊は午前六時、出発は四時半というので、「井筒」の表はまだ昏いうちから、種々の団体で人垣が立った。出発の時が迫ると、信一はさすがにひでの事が気にかかった。

いよいよ信一が庭に下り、万歳の声が家《うち》の内外を震わせた時、清七がピタリと寄り添って、

「平野町から、お餞別で御座ります」

小さく折った、紙幣包みであった。信一はチラリと見ただけで、

「清七。すまんがそれを、玉屋町の家へ届けてくれ」

「いえ」

清七は、低いが、力の籠った声で言った。

「その方は御心配なく……。御分家へはこれまで通り仕送りをすると、平野町がおっしゃりました」

「これまで通り？」

「へい」

そうか、毎月の貢ぎは、叔父からであったのか。

御分家――と、ひでのことを、玉屋町の家のことを、叔父は、そう呼んでいてくれたのか……。信一は胸が熱くなった。

「おひでやんが来ています。それ、あすこにいます……」

清七がソッと眸で教えたのは、国防婦人団の一群であった。その中にひでがいた。みんなが声を張り上げて唄う婦人団の歌の中に、歌を知らないひでだけが、黙って、俯向いて旗を振っていた。

ひでを、目立たぬように、国防婦人の中へ混らせたのは、叔父の計らいに違いない。いかにも叔父らしい、微笑ましい智恵である。そう思って、チラと叔父の方を眄《み》ると、叔父は相変らずニコリともせぬ仏頂面で突立っている。その、皺の目立った横顔に、どこやら亡父《ちち》に似た面影をふと見出して、信一はしみじみとした気持になった。

「ひでが、ひでが来ていまっせ。見てやりなはったか……？」

そよの、泣いている声が耳許でした。信一は黙って頷いた。

「あとのことは、なにも、なにも、心配せんようになあ」

追い駈けるような、そよの声であった。

一昨日《おととい》のあの逃亡の日に引きかえて、今日は門出の仕合せさよ。信一は、涙で燦《きらめ》く舗装《アスファルト》の道へ力強く踏み出した。十五夜近い月が、今度こそもう見る時のない故郷の月が、淡く、中座の櫓に消え残っていた。

ブラスバンドが、乳白色の暁天に響き、午前四時半の道頓堀は、まだ夜中の夢の中にあった。

海を渡る鳥

雑　天

「五天切《てんぎり》とは……?!」

ゴクリと、聞えるように唾を呑んで座頭《ざがしら》の香織《かおり》は、先乗込《さきのり》から戻ったばかりの横山の顔をじっと見た。小鬢《こびん》に白く光るものが殖え、ここ数日に窶《やつ》れの色がめっきり濃かった。

「五天切とは今にまでない酷い条件だが、先方は何と何を、天切に掛けようと言うんだね?」

香織は、微かに顫える指を折る。

「宣伝費、税金、電気代……?」

「旅費《かたむかえ》もです」

横山は鼻も動かさずに言った。

「それから雑用《ぞうよう》（宿食《やどしょく》）も天《て》切《ん》にかかりますよ」

「エッ、雑用も……？」

と、思わず息を詰めた。

聴き耳をたてていた大部屋連が「ああ、いよいよ雑天《ぞうてん》か」と落胆《がっかり》する声と、溜息とが、朝飯のまだ入ってない空ッ腹に響き合った。

春の遅い満洲は、五月というのに、まだ桜の咲き残っている遼陽《りょうよう》の停車場だったが、待合室の連中はもっと寒々としていた。

興行には、前金の一日幾何《いくら》で売られるか、その日の収入《あがり》で勝負する歩合か、二つある。歩合興行となると、劇場側《じかた》は興行税、宣伝費等を総収入《あらぶ》の中から天引にする。すなわち天《てん》切《ぎり》だ。劇団に人気があれば、それを拒否して相手方に背負《せお》わせるが、その反対の場合だと、劇場側は弱身につけ込んであれもこれも天切でハネようとする。一座四十の宿賃まで差し引いて、天下幾何《てんしたいくら》も残すまいとする雑天など、その最悪の場合である。

「しかし君、我々が内地へ帰るまで道はまだまだ遠いのだから、ここでそんな弱い歩を組んではこの先々が思いやられるんだ」

「先はまた先の事でさ。先生は弱い歩と仰有いますがね、強いも弱いも一座次第です。ツイ去年、水谷八重子の芸術座が同じ撫順《ぶじゅん》で興行《う》った時には、総額《あらぶ》の八分、千円あがって八百円の取のきですよ。ねえ先生、劇場側《じかた》というものは、切られ与三《よさ》の科白《せりふ》じゃありませんが、一分貰って有難う御座いますという場合もあれば、四天、五天と遣《や》ったって喜ばれない、傾《こ》けた一座もあるんですからねぇ……」

自分の手を離れては足掻《あが》きのつかぬ一座と軽視《みくび》ってか、横山満は腹一杯の口を利いた。

「コラ、横山の糞たれめ。ど畜生！」

遮られる手を振り解こうと、甚床は身を悶掻《もが》いた。眇眼の床山である。

「も一遍言うて見い。水谷が何や？　八重子が何や?!　あなな駈け出しの女優を有難《ありがた》がりさらして……。腕で来い、腕でッ！　香織先生は新派の大先輩やぞ。腐っても鯛やぞ！　出て来い。コラッ、いてもたる！」

甚床は、四、五人に押され押されながら、

「腐っても鯛やぞ！　いてもたる！」

と、隅の方から怒鳴りつづけた。

「では、撫順は君の契約通りで働かせて貰うとして、次の奉天は眼目の勝負どころだから、なるべく一つ、有利にねえ……」

香織は、すつかり弱々しい語調で言った。

「さあ、それも撫順の成績次第でしょうね」

横山は木で鼻括るように言い捨てたが、ふと思い出したように、

「それから先生、彼奴《あいつ》ですがねえ……」

一座の群から一人離れ、ぽつねんと佇んでいる鳥打帽をジロリと眄《み》て、

「あの怨霊《おんりよう》は遼陽《ここ》で始末をつける心算《つもり》でしたが、旅費《かたむかえ》ギリギリッきゃ借《ひ》けなかったんで、撫順へ行って払ってやります。先生から一つ、そ言って下さいよ」

怨霊と呼ばれた男は、鳥打帽を目深に、衣類も相当草臥《くたび》れていたが、それでも寸の詰った着こなしのどこかが堅気ではなく、キリリと締った男振りで、芝居者ほど悪摺れしては見えなかった。

「彼奴《あいつ》もいい加減に見切をつけて消えりゃあいいのに、。チェッ、引込み際の悪い怨霊だ」

吐き出すように尻目にかけ、

「さあ、みんな、乗ると決まったら弁当を食わせるぜ。可哀想に、危なく餓死《うえじに》するところ

だったよ、なあ……」

と胸を張って出札の方へ急いで行った。香織は静かに鳥打帽の男に近づき、

「今日はここで御支払する筈でしたが、御覧の通りの有様です。まことに申し兼ねる次第ですが、もう一場所おつき合いを願えますまいか？」

と帽子を脱ぎ、慇懃《いんぎん》に頭を下げた。

「お供をさせていただきます」

鳥打帽を取ると、額の広い、眉の秀でた男盛りだった。痛ましそうに香織を看て、

「私一人の一存で済む事なら、これ以上先生をお苦しめしようとは思いません。いい加減に消えたいのですが、主人の金だけに受け取って帰らないと、奉公人の一分が立ちません。怨霊のくせに足代がかかって申し訳ありませんが、気の利かねえ奴だと思わないで下さいまし」

男は、売店から封緘《ふうかん》葉書を一枚買って来ると、照れたような笑みを泛べ、座附作者《ぶんげいぶ》の川原の傍へ近づき、

「川原さん。済みませんがちょっと一筆お願い申したいんで……文句は私が申します、へい……」

と左手の中指で、小鬢を器用に掻《か》いた。

『……風邪はどうだ？　拗《こじ》らせないでくれ。遼陽《ここ》ではお金は渡らない。撫順まで御一緒に行く事になった。御主人様に申し上げてくれ。身体大切に……。文吉より、こ、こまどの』

怨　霊

濛々《もうもう》と縄埃りの立つ中で、文吉は衣裳梱や、鬘梱、座員達の旅行鞄《トランク》と取っ組んでいた。撫順、恵比須座の広場であった。

文吉は右手より左手が利くか、荷造りなども左手が主だ。座附作者《ぶんげいぶ》の川原が、それへ「奉天市南満劇場行」と書いた荷札《エフ》を括り附ける。

「済まん。座員でもない人に働かせて……」

「ナニ、こっちこそ済まない気がしているんですよ。これで一人前の宿賃や足代が掛かってるとすりゃあ、怨霊だって、懐手ばかりもしていられませんからねえ……」

文吉は湯崗子《とうこうし》温泉の旅館曙館の客引だ。

横山が言葉巧みに香織へ勧め、湯崗子で劇場《こや》借りの自前興行《てうち》をさせ大きな穴をあけさせた時、曙館はその宿だった。文吉は宿賃二百五十円を受け取るために、一座に憑いた怨霊である。

怨霊とは、つきまとうという意味の芝居道の隠語だが、この怨霊はよく働いた。

湯崗子くんだりの客引に、かつて新派の旗頭だった香織清一郎の歴史や、滋味掬すべき演技が分ろう筈はない。しかし香織の高い教養や、役者に珍しい人格は、遼陽、撫順の旅で文吉にも判然《はっきり》と感じられ、この人を、横山ごとき悪党《わる》に引き摺られて満洲三界をうろつかせるのが痛々しく、義憤に軀を熱くさせた。

「横山が、電報為替で三百円、自宅へ送っているのを目撃したという座員がある。一座にこんな憂き目を見せて、自分一人が甘い汁を吸ってるなら、ただ置かないと息巻いているんだが……」

「畜生。そういう奴だ……」

文吉はその時手にしていた旅行鞄《トランク》を、穢《きたな》いもののように抛り出した。横山の旅行鞄《トランク》だ、一目で分かる。満鮮を股にかけてることを誇るように、旅館の標紙《ラベル》をベタベタ貼ったやつだ。

そいつが、機勢《はずみ》だった。パクリと口を開いて、中から紙っ切れが飛び出して散った。風に翻って、見まいとしても見えるのだ。

手札型の紙に「大新派香織清一郎一座特別観覧券」と印刷した毒々しい赤インクだ。全然見たこともない切符だ。二人は思わず顔を見合わせた。

「うむ。これだな、横山のカラクリは……」

二人は直ぐ、劇場側《じかた》をあらいにかかると、

「香織もえらい奴に掛ったよ。横山のために幾つの座が、泣きの涙でこの辺を引き摺り廻されたか……」

と洩らされたところでは、その前売券を割り引きして、土地の市場や連合会へ纏《まと》めて売る。その収入は天切や歩合に関係なく、劇場側《じかた》と横山の間だけで分ける。横山の常套手段だった。

しかも横山は、その切符の発行を交換条件に、雑用の天切を承知したのだという。ただ置くものか！　と文吉も肝がグラグラした。

奉天の初日は、開幕前にゾロリ満員、上々の成績。鬼木戸にも恵比須顔が並んだ。

鬼木戸とは観客の入場口、捥《もぎ》り場ともいう。切符を捥ぎ取るからだ。ここに劇場《じかた》、劇団《たいふもと》双方の代表が坐って切符を調べる。その中に、横山が劇団を代表して混っていたが、ふと傍に突立って自分の手許を凝視《みつめ》ている文吉の姿にぎよッとし、

「おい。怨霊のクセに初日の木戸に立つなんて、手前ケチでもつける気か！」

と怒鳴った。文吉はニコニコと近寄って来て、低い穏かな、しかし底に力の籠る声で、

「いえね、今あそこでうろついてる婆さんに訊ねられて間誤《まご》ついたんだが、この切符の場所はどこですえ……？」

チラリと袖口から覗かせた。不意を衝かれて横山の顔色が変った。それを立直ろうと、

「何、何だと。手、手前《てめえ》は……」

と吃るのへ、

「だからさ、切符《これ》は何だと訊いていいるんでさ」

顔で笑って、匕首《あいくち》を突きつけるようにグッと迫った。横山は突嗟に身をかわそうと、

「手、手前は興行に苦情《いんねん》をつけるのか！」

と、片膝を立てた。しかし文吉の左手はその以前《まえ》に襟にかかり、土間に引き摺り下された横山の頬に、平手打ちの音が三つ四つ、続けざまに鳴った。

鬼木戸の連中の視線がサッとその音の方に注がれた時、どこから飛び出して来たか、川

原が、もう横山のあとに坐って人々を制しつつ、

「何、何でもありません。ちょっとした内輪の悶着です。鬼木戸へは僕が代って坐ります。作者の川原です。どうかよろしく……」

と頭を下げ、素早く木戸口の観客の方へ、

「ええ、いらっしゃい……」

と、景気よく怒鳴った。

詰　腹

「ふん、大方こんな事やと思うたら、とうとう化《ばけ》の皮《かわ》剝しよった。ど狸め！」

香織の部屋へ、楽屋暖簾《へやのれん》から首を突込んで甚床はこの時とばかり口穢《ぎたな》く毒吐《どくづ》いた。

揚幕口《とやぐち》から奈落《ならく》へ、そこで存分に泥を吐かされたか、横山はグッタリ坐って、近眼鏡をどこかへ飛ばした顔を、やたらとこするのを、

「テッ、狸め。泣いてけつかる」

と、甚床はゲラゲラ笑った。

幕が閉ると、香織について幹部の役者達が入って来て、横山を遠巻に、ジロジロ見た。

「横山君……」

香織は平常《いつも》と同じ静かな調子だった。

「君には、大連以来一方ならない世話になって来たのだから、ここは何も言わずに綺麗に別れましょう。形式は詰腹を強いることになったが、それが我々の本意ではなかった。我々も馴れない旅先で、水先案内に離れるのはよくよくのことと思ってくれ給え」

と、その件にピタリと休止符を打ち、

「それから諸君、大詰の幕切れを……ねえ」

と、舞台の打ち合せにかかったのは、立ちにくい横山のためを思って、消え去る機会《しお》をこしらえてやったのである。

隅の壁に腕を拱いてじっと見ながら、その思いやりの深さ、寛さに、文吉はいよいよ頭の下がるのを覚えた。

しかし、横山は、煮え湯を呑まされた報復の炎を燃え立たせた。

劇場側《じかた》の一人で鬼木戸に坐っていた中の、川辺の福松に腹を割って相談を持ちかけたが、さすがに奉天《とち》で顔役の福松だけに、鬼木戸の上からチラリと見て、文吉を知っていた。

「あきらめろ！　相手が悪い」

そして、文吉についてこう付け加えた。

「山一といえば、京城でも指折りの呉服店で、文吉はそこの若主人だったが、女房のお駒のために、店一軒綺麗に潰した男だ。お駒はもと京城の一流芸妓《しろぎっぷ》、お定《きま》りの男きらいという金看板を、文吉《やっ》が見事に下《おろ》させたのだから大した色男さ。その代り文吉は京城きっての顔役西條綱吉とお駒を争い、呉服屋一軒と、右手の指三本をかけて女を張り落とした。それから左手一本でやくざに飛び込み、左手にお駒、人呼んで左《ひだ》り馬の文吉——。やくざの足を洗ったと聞いたが、さては湯崗子くんだりに世を忍んでいたんだな……」

先乗り

まだ糊の香のぬけきらない枕カヴァーの一枚へ、見る見る涙がひろがって行く。お駒は手早く電気鏝《アイロン》でそれを押えた。涙は電気鏝の下敷きになって、小さな悲鳴をあげて消えた。しかしあとからあとから止めどなくふり落ちる涙が、たちまち純白なカヴァーを雨のように濡らした。

硝子戸《ガラス》の、湯崗子温泉旅館「曙館」の金文字に、まだ陽が暮れのこり、帳場の火鉢を抱え込んだ屈託顔の主人を相手に、喋舌り立てる横山の近眼鏡をギラつかせる。

「なにしろ、金は懐中にある。女優の二人三人はいつも付き纏う。怨霊旅どころか気保養の楽旅さ。文吉はとんだ大尽様ですぜ」

女中部屋にお駒のいるのを知ってか、聞えよがしの声だった。

「女の方じゃあ、懐中の金に附き纏っているんだが、当人すっかり色男気取りでねえ」

「ナニ、文吉は二、三日前、吉林から半金の百二十五円だけ受け取ったと送って来たよ」

苦々しげに聴いていた館主が、事もなげに言うと、横山はすかさずボンと膝を叩きながら、

「それで分った。私はね、奉天の別れ際に二百五十円耳を揃えて渡したよ。それを半分だけ送るのは怪しいねえ」

その上、もう用のない一座に食い付いて、方角違いの安東県まで行くのはどういう料見だろう？　と、気を持たせるように言って帰った。

お駒は、ただもう口惜し涙が溢れ上った。

疑う気は毛頭ないが、文吉の発つ時、風邪気味で臥ていた私だのに……十日の上も他人

の中へ打棄っておく、いつもに似ぬ仕打ちが、と思うと堪らないところへ、横山の話を聞いたのだった。

薄明りのただよう中に、しばらく泣きつづけていたお駒は、ぱっと電燈の点いたらしい爽やかな感じにふと顔を上げると、可憐《いとし》むような視線で自分を見下している館主の眼に出会った。仄白い富士額へ、濃い丸髷の後れ毛の纏《まつわ》るのを掻き上げて、居住いを直すお駒へ、

「横山の話を聞いたか？　ナニ、あいつの言う事はいっさい逆に聞いて丁度いいのだ」

と、苦労人らしく労りながら、

「文吉はそんな男じゃない。安東県へ行くのは後金《あとがね》のためさ。見ていろ、二、三日もしたら金と土産を持って帰って来る。お駒、その時、いま泣いたことを文吉に喋舌ってやるから……」

大きく笑って、相手の気持を引き立てた。

それから二日経って、館主の言葉通り、安東県から電報為替で後金全額を送って来たが、文吉自身は帰らなかった。別便で手紙が二通、館主へは「事情があって暫く香織一座と行動を共にするから許されたい」と書き、お駒へは「朝鮮まで足を延すが、心配せずに……」と、十五円の為替を同封してあった。

二人は手紙を中に、顔を見合わせずにはいられなかった。

文吉が先乗りを買って出たのは、横山の件の責任もあったが、何よりも香織の人物に惚れたからであった。

文吉の素性は誰の口からとなく知れ渡っていたし、横山をとっちめて以来、一座の者も怨霊への冷い眼から、信頼を湛《たた》えた眸で見るようになっていたし、香織から、

「言わば、水離れした鵜も同然の我々のために、暫く手を貸して貰えまいか？」

と頼まれ、奉天の座主も、

「君がやるなら、安東県と朝鮮を一、二カ所世話してやろう」

と尻を押した。彼は、この落魄の老紳士のために一肌ぬごうと決心し、そのために一座より人足先きに奉天から一路安東県へ発った。湯崗子の旅館に淋しく待っている病上がりのお駒のこと、もちろん気にならぬではなかったけれど、一座四十人の口を背負って、満洲三界をうろつかねばならぬ香織の気持を思うと、乗り先を早く決めて安心がさせてやりたかった。湯崗子へ廻る気にはなれなかったのである。

だが、文吉の張り詰めていた義俠《おとこぎ》も、安東県へ一座を迎えた時、グラグラっとした。

芝居道

芝居がが地方の巡業に出た場合、先発のさきのりの腕次第で、その劇団は高く値ぶみされもし、安く扱われもする。

中でも一番難しいのは、座員の宿をきめる宿割りだった。

文吉の人格と、奉天の座主の紹介もあり、旅館も比較的優遇してくれたのだが、不平不足はつきものだ。芝居者の通癖だ。

中でも、敵役《かたきやく》の木田二郎の居直りが憎かった。

「なぜ俺の部屋だけ床の間がねえんだ？　返事によっちゃ俺は出演《で》ねえぞ！」

正気の沙汰でない言い草だが、同じ程度の位置の役者を一つ旅館へおさめる時、双方の部屋の畳数が半畳ちがっても、甲乙の差別をつけた事になるものなのだ。

しかし、木田は香織の知遇で、演技の拙《まず》いなりに立敵《たてかたき》に進んだ役者だ。それを思えば、あらゆる不満を忍んでも尽すべき現在の場合である。それを、替り役のないのを見透しながら幕にかける言い草が、文吉は無体憎かった。

「一生涯この部屋で暮すという訳じゃなし、二、三日だ。床の間ぐらい我慢して下さい」

売り言葉に買い言葉でそう言い返すと、木田は睨めつけるようにして聞いていたが、プイと姿を消した。――それからしばらくして、木田が旅行鞄《トランク》を提げて停車場の方へ急ぐのを見た者があるというので、騒ぎになった。

厭がらせだとは分っていたが、こういう興行には幹部俳優一人の失踪は、どんな苦情の因《もと》にもなり得る。香織自身が、停車場の附近を眼を焦だたせて木田を捜す姿を見て、文吉は軽率な自分の言葉を後悔した。

「先生、御心配をかけて済みません」

と頭を下げると、香織は寂しく、

「私の不徳からです」

と、眸を伏せたが、

「木田君には、飼犬に手を噛まれました」

さすがに、込み上げる憤りを制《おさ》えかねた。

木田は、筋書通り停車場前の食堂か何かで発見された。憤りを露わにする事もならず、手を噛んだ飼犬を、宥《なだ》めすかして劇場へ引きかえして行く香織の、意地も張りも喪《うしな》った弱々しい後姿を見ていると、痛々しさとは別に、文吉は腹立たしさを覚えた。なぜこんな一座のためにこれ以上巡業を続けねばならないのか、なぜ解散して引き上げないのか。よし座員を置き去りにして恨まれようと、なぜ、自分に遺った芸を労《いたわ》らないのかと、腹が立って堪らなかった。

次の興行地《のりさき》は、京城だった。

文吉にとっては、忘れられない京城である。彼はその京城で大入りをとらせ、自分も身を退く決心をした。

京城の前景気は、上々であった。

京城劇場の木戸には、花柳界からの花環が十幾つ、目のさめるような色彩を並べ、染めたての香も真新しい賑幟《のぼり》が、三十本もハタハタと風に鳴った。辻ビラは京城銀座の商店街がタイアップして、五度刷りに金泥まであしらった豪華なものが出来上り、何から何まで、巡業中かつて見ぬ素晴らしさだった。

京城のそこここに、誰いうとなく伝わって、

「今度の芝居は左り馬の興行だって、ね」

「え、あの山一の文吉つぁんか。そいつは一番、義理にも纏頭《はな》をつけなくっちゃ」

みんな、文吉が店一軒潰した金や、交際《つきあい》が、物を言っての前景気であった。

停車場前の広場に並んだ町廻りの俥も、紅白の裂《き》れと小旗で飾り、殿《しんが》りの香織の俥には二人曳きの化粧綱さえつき、劇場の表方が、香織の定紋を染抜いた半被《はっぴ》で歩廊《プラットホーム》に並んだ。

列車が轍《わだち》を轟かせて入って来た。次々に降り立つ一座の連中が、豪華な出迎えに眼を瞠り、役者らしく昂奮して囁き合った。漠然とそれを眺めていた文吉の眸が、その時キラリと光って、人波の一点に膠着《こうちゃく》した。

そこに、思いがけないお駒の姿を見たのだ。

川原に労られつつ、雑沓の中から自分を見出そうと焦っている、心細げな窶《やつ》れた顔。

(来たか——。無理はない。俺は女房のことを考えてやらなさすぎたからなあ……)

思わず胸の迫った表情を、お駒はやっと捜し出したかバタバタと駈け寄ったが、ただ、

「すみません……」

とさし俯向《うつむ》き、もう涙含《なみだぐ》んでいた。

「叱らないで上げ給え。遥々《はるばる》訪ねて来た安東県に君はいず、あやうく卒倒しかけたのを、京城《ここ》まで頑張って貰ったんだから」

横山に煽られたこと、それももう氷解して、現在《いま》では無断で来たのを苦にしていること

など、口早に語る川原。グッと手を握り締め、

「よく、こんなに立派にやってくれました。有難う！」

と涙を泛かべる香織。白い眼で、文吉とお駒を見比べて行く木田や、鹿田の顔が慌しく通り過ぎ、町廻りの俥が一斉に梶棒を上げた時、

「大石の……。久し振りだったなあ」

太い、底力の籠る声が、文吉の背後から肩を叩いた。途端にお駒が、

「あ……」

と、思わず息を詰めた声に、文吉は、

（西條綱吉……）

京城へ足を踏み入れたら思い出さぬ筈のない名を、その時はじめて思い出し、さすがに胸がはげしく躍った。

一度は匕首《あいくち》を懐に呑んで、お駒を渡すか渡さぬか、返事次第ではとまともに見据えた西條綱吉だ。それだけに、必ず仕合せにすると誓ったお駒の、現在の窶《やつ》れを見せるのが身を切られるより辛かった。文吉は振り返って相手の顔をまともに見られず、軀を熱くした。

綱吉は、なおもピシャピシャ肩を叩き、

「今度はお前《ま》はんの興行だってね。なぜ早く知らしてくれない！　酒樽の一つも積ませて貰うのに……。水臭いぜ。大石の」

あけすけに笑った顔を、今度はお駒に向け、

「お目出度う。二人揃って故郷へ錦を飾られちゃ、なにもかも俺の負けだよ」

と明るく笑ったが、眼はお駒の窶れた項《うなじ》を、痛々しそうに凝視《みつ》めていた。

「宿は……？」

と訊かれて文吉はハッとした。病上りのお駒をも、座員の手前、楽屋泊りにとはさすがに言い出しかねているのを、押冠《おっかぶ》せて、

「何も言わずに、二人の宿だけは西條にさせて貰いたい」

綱吉は右手をあげて、もう客待ちの自動車をとめていた。

栄町の茜屋は、綱吉が妾に経営させている旅館だが、一流の風格のある家だった。その離《はな》座敷《れ》が文吉夫婦のために用意されたが、その好意がかえって間違いの口火をつけた。

花模様の絹夜具を、ゆったりとお駒の軀に懸けてやると、文吉ははじめてホッとし、綱吉が寄越してくれた医者が診立てて帰ると、直ぐに届けて来た散薬の袋を開けた時だった。

案内の女中の後ろから、ドカドカ足音を立てて木田や二、三の裏方を先に、若い下廻り連

中が入って来た。不平の筋はいうまでもない。それが茜屋の思いのほかの立派さにグッと煽られたか、顔の色が変っている。

文吉の頭に、チラリとお駒に見せてはならない光景《ありさま》が掠めた。すぐ立ち塞がるようにして廊下へ出ると、後手で障子を締めた。障子の向うで、声が尖って殺気立っていた。

「花環を並べる智慧があるなら、一場所ぐらい、宿屋らしい宿屋に泊める分別でもしたらどうだい！　オイッ！」

「下らねえ女郎《めろう》を呼びよせて、ウヌらだけが大尽気取りは何の真似だ？　舐めるな野郎！」

と木田の声と、軀ごと障子にぶつかって犇《ひしめ》き合う物音が同時であった。

よろぼいながら布団を這い出し、お駒が両手で開けようと悶掻《もが》く障子は、文吉が固く押えて、動こうともしなかった。

「チェッ。手出しをしねぇが一番無事と、こいつ知ってけつかりやがる？」

「これからもある事《こつ》た。覚えておけ？」

勝ち誇った捨て台詞が遠ざかると、文吉は乱れた襟を掻き合わせ、さりげなく障子を開け、

「やれやれ、気の荒い奴らさ……」

顔を歪めるようにして笑って見せた。右の眼の下に蒼黒い隈と、頬に皮下出血の痣がのこっているのを、文吉は鏡に写して見る間もなかった。お駒はそれを見ると縋り寄って、

「済まない、堪忍して……。私、京城へなんか来るんじゃなかった、京城へなんか……」

と、身悶えして啜り上げた。

注進で、出先から駈け戻った綱吉が、

「命知らずめ！　ここが、誰の家だか知らずに来やがったか、そいつは誰と誰だ？」

名を言えと迫ったが、初日を明日に控えて文吉は、口を緘《かん》して割らなかった。

「初日一日は助けるが、打ち出したら、見ろ！」

綱吉は、お駒の枕元で地団太を踏んだ。

「女中のお勝に、首実検させても、ウヌ、満足な五体で京城は発たせねえから」

返り咲き

興行は弾みである。

京城の初日は開幕前に札止めの盛況で、興行五日間桟敷は殆んど前売《よいづけ》で埋まったし、もう仁川、平壌から次興行の交渉の電話が飛び込んだ。

二幕目の開いた時だった。香織宛の電報が配達された。香織は舞台だったたし、発信地の東京なのが気になって、文吉は開いて見た。

ライゲ　ツカブ　キザ　ヨリキヤクイントシテゴ　シユツエンネガ　エヌカ二五ヒ

マデ　ニカエレルカヘン」ミヅ　タニ

ミヅタニはいうまでもなく水谷八重子で、来月の木挽町《かぶきざ》から客員として迎えたいと辞を低うしての招電である。

(香織は大先輩や、腐っても鯛やぞ！)

甚床の啖呵の通り、老名優は明るい陽がさし、道がひらけて来たのだ。――湧き上る涙で読めなくなった電報を摑むと、文吉は舞台の袖に待ち、退場《ひっこ》んで来る香織に電報をつきつけ、

「先生。お目出度う御座います」

と、声を潤ませた。一瞥した香織の眸が一瞬若々しく燦《かがや》き、さすがに顔を紅潮させたが、それは直ぐ潮の引くように消えた。

「人間、運の摑めない時があります」

「なぜです？　なぜ摑めないのです？」

文吉がつめよると、香織の頬には、一層寂しい諦めに似た笑みが泛び上った。

「今日まで苦労を共にして来た、一座の人を捨てる事は出来ませんからなあ——」

「先生。捨てましょう。捨てて下さい」

傍から、はげしい川原の声であった。

「先生は、この一座と心中するつもりですか」

「先生。私等《わてら》は喜んで捨てて貰いまっせ」

舞台裏の昏い翳《かげ》に顔は見えなかったが、甚床が鼻をつまらせて言った。

「しかし、二十五日までに帰るには、明日にも京城を打ち上げねばなりません。それは劇場側《じかた》も承知しまい。到底出来ない相談です」

「それは、私が話をつけましょう」

文吉がキッパリ言い切った。

大入《かぶ》ってもいたし、五日の興行を二日では——と、一時はてんで受け付けなかったが、仲裁を買って出た西條綱吉が巧いことを言った。

「君達も芝居で飯《おまんま》を食ってるんだ。ここは一つ胸を叩いて、歌舞伎座の舞台へ香織を送り出してこそ、芝居道の意気じゃねえか」

それで話は好転し、劇場側《じかた》もやっと納得した時、川原がガッカリした顔を出し、

「おやじにも困ったもんだ。一座を朝鮮くんだりで解散するに忍びん、大阪まで連れて帰ってからなら兎も角、と言うんだ。一座八百円の旅費が、右から左へ出来るもんか」

投げ出すように言うのを、文吉はじっと聞いて、

(先生の性格としては無理のない事だ)

と呟いたが、やがて大きく頷いた。

「川原さん。その金は私が立て替えましょう」

金は、翌日、朝のうちに届けられた。

香織や川原が口を酸《すつぱ》くして訊ねたが、金の出所を文吉は一言も語らなかった。

木田はじめ一座の中には、せっかく好潮に乗った巡業を打ち切るのを、未練がましく言う者もあったが、それも犬の遠吠えで、芝居は二日目をもって打ち上げ、香織は舞台から違約を詫びる挨拶をしたが。却ってそれが大喝采《おおうけ》だった。

一座が出発の日、文吉は釜山まで見送った。

埠頭はもうすっかり夏景色で、まだ薄穢れした冬支度の一座の姿は、あの遼陽の待合室の時よりも見窶《みすぼら》しかったが、さすがに家路につく気易さで顔を明るくかがやかしていた。

「大石君。貴方には一方《ひとかた》ならない御厄介をかけた上、旅費のことまで心配させて申し訳ありません。東京へ着き次第、直ぐにも……」

「ナニ、こっちは楽な金です。決して急ぎはしませんよ。御安心なすって下さい」

「済みません」

堅く握った手の甲へ、沫《しぶき》のように涙が散った。

やがて銅鑼《どら》が鳴り、見送人が下船すると、汽笛をあげて船は白い澪《みお》を描きはじめた。

一座の連中の誰もが、懐かしげにこっちを見た。木田も、思いなしか微笑んだ顔を舷側に並べた。

その時、高く手をあげた文吉の肩を、ソッと押え、弾んだ呼吸で、

「ああ、間に合わなかったわねえ」

と、お駒が立っていた、もう見えなくなった船のてすりへ、袂から白い手布《ハンカチ》をとり出して振った。

「どうして来た？　以前の自前芸妓と違って、今度は借金を背負った軀だぜ。帰り新参の

奉公人が、あんまり勝手な真似をしちゃいけねえ」

文吉が、さみしく窘《たしな》めると、

「これを見て下さい」

お駒が差し出したのは、西條綱吉から、文吉に宛てた手紙であった。

(——京城は、昔二人がお駒さんを争った古戦場だ。そこへ、お駒さんに二度の褄をとって出られたんじゃあ、西條綱吉、男が立たない。謙信だって甲斐の武田に塩を送った。こんな時には前もって一言相談してくれるものだ)

手紙にはそれだけ書いてあった。いうまでもなく、一座の旅費のために沈めたお駒の借金八百円は、西條綱吉が支払って、棒を引かせたのだ。

「お駒、今度はとうとう俺の負けだぜ」

文吉が、汐風に眼を細くして笑った。

香織清一郎は、東京歌舞伎座の新派大合同に返り咲き、徳富盧花の「不如帰《ほととぎす》」に、水谷八重子の浪子、花柳章太郎の川島武男に、片岡中将を勤めて更生した。彼が、東京へつくとすぐ送金した八百円を、文吉の手から西條綱吉が受け取ったか、西條綱吉が文吉の手へ押し戻したか、それは筆者も聞き洩らした。

遺族上京

一

「い、痛えッ！」

二度目である。

桂太明蔵《かつらためぞう》は、カッと熱くなって、今度は我慢がしきれずに怒鳴った。

それは、痛いという肉体的な感覚による抗議よりも、最初の時、踏ンづけられて思わず引っこめた足を、相手は気がつかずに向うむいたなりで、またもや、今度はイヤというほど踏みにじった傍若無人さへの抗議で、

（痛えじゃねえか。いくら満員の電車だからって、少しはしっかり立ってろい！）

と、口で言うかわりに、グンと相手の背中を肱で突っつき、泥のついた白足袋を、さも痛いという表情でさすった。

最初の時も、大して車体が動揺したというわけでもないのに、その男だけがヒョロヒョロして、朴歯《ほおば》の日和《ひより》下駄でグッと踏んだ。盲目縞のちょんちょろ短い、背のヒョロ高い年寄である。

（田舎者だな）

と、太明蔵は思った。そうでなくても、朝からの事件で気のムシャクシャしていた太明蔵は、すぐ、

（気をつけろい！）

口まで出かかった。が、その時、満員電車の座席に年老いた五、六人の人たちが、赤地に桜の遺族章を胸につけ、窓の外の、見附あたりの風景に注がれている素朴な眸《まなざし》を見ると、さすがにはしたない言葉を、グッと嚥《の》みこんでしまった。ちょうど、靖国神社臨時大祭の何日目かで、多くの遺族たちが上京し、東京の町は一色の大祭色に塗りこめられている時である。

するとその時、太明蔵の頭へ、同じ落語家《はなしか》仲間柳生が、得意にして演《や》る「電車」という

落語《はなし》の、冒頭《まくら》の一節が、フッと泛び上った。

(同じ足を踏まれても、相手が野郎と御婦人とでは、ぜんぜんちがいます。『痛えッ、ヤイ気をつけろ、他人《ひと》の足を踏ンづけやあがって』『何をッ、他人の足だから踏んだのよ、自分で自分の足を踏む馬鹿があるけえ、唐変木め!』『オヤ、この頓痴気め!』ってんで、どうしても喧嘩ですが、これがあなた、相手が妙齢の女性だと『痛えッ、ヤイッ……へへへへ、今日《こんち》はア』『あら私、おみ足を……』『いえ、どういたしまして、手前の足が、あなたのおみ足の下へ潜り込んだんで、まことにすみません』なんて、これじゃどっちが踏まれたのか分りゃしません)

太明蔵が、柳生の高座の表情といっしょにそれを思い出し、頬へニヤッと笑いが翳《かざ》しかけた時、それが一瞬顰《しか》めッ面になり、

「い、痛えッ」

ドンと肱で、その男の背中を突っついたのである。

「おお」

相手は、鈍い動作で振りかえると、

「どうかしただかね?」

怪訝《けげん》そうに、目の前にうずくまって足袋の泥をはらい落としている男を見下し、東北訛りまる出しで、ゆっくりと言った。落ち着きはらったものであつた。俯向いていた太明蔵の顔が、いっそう真っ赤になった。そして、

（どうしたかって？　お前、俺らの……）

起き上りざま、そう叩きつけようとした言葉が、またもや咽喉の奥へ、グッと音たてて、唾といっしょにひっこんだ。そればかりではなく、彼の眼がパチパチとまたたきし、フーム、と、鼻の穴をふくらまして唸った。

太明蔵の眼をびっくりさせたのは、少し口を綻ばせ加減に、無心に突っ立っている相手のポカンとした表情でもなければ、東京は朝夕が寒いぞ、と聞いて用心して来たか合シャツを袖口までピッタリ着て、白毛のまじった鬢髪《びんぱつ》に汗をかいているトボケた風《ふう》でもなかった。

それは、その胸に、人にもまれて歪んでいる、紫の襞をとった旗の形の遺族章であった。

「どうかしただかね？」

もう一度、怪訝そうな眸でのぞきこむ相手に、太明蔵は思わず自分の鳥打帽に手をかけて、

「いや……」

と言って、そそくさと笑顔をそむけた。

二

電車が市ヶ谷見附で停るのを待ちかねて、桂太明蔵は、誰より先に、そそくさと下りた。

その電車は早稲田行きだったので、小川町にある落語家組合の事務所へ出かけるには、そこで乗り換えをしなければならなかった。太明蔵は安全地帯に立って、両国行きの電車を待ちながら、

(まったく、驚いたぜ。うっかり、勇士の遺族に文句を言うところだった)

ソッと脇の下の汗を拭いた。

それというのも、家を出る時から、気がカッとしていたからである。何かにつけてトンガラかろうとしていたからである。が、そんなことは理屈にならなかった。

(だいいち、足をふまれたくらいで、芸人たるものが、お素人に文句を言うなんて、なっちゃいねぇや)

太明蔵は、慚愧《ざんき》にたえなかった。

太明蔵を、トンガラからせた事件というのは、こうである。

今朝《けさ》、太明蔵の寝込みを襲って、仲間の三遊亭小金吾が、ムッツリした面持ちでやって来た。太明蔵と小金吾とは、去年の皇軍慰問の旅以来の相棒であった。

「聞いたかい、太明さん？　新橋亭の今度の出番、ありゃなんだい！　これが普通の興行なら、我々若い者が、三番叟《さんばそう》や入れこみに出演《で》たって、文句は言わない。しかしだね」

新橋亭は、上野の鈴本、人形町の末広などと共に、東京でも一流の寄席《よせ》である。その新橋亭ではこの月の下席《しもせき》、すなわち二十一日からの興行を、折柄の東京全市の大祭色と歩調をあわせ「落語報国」週間と銘打つことにした。

これには、皇軍慰問の壮途にのぼり、親しく前線の辛苦を視察して来た若手の連中を中心にし、大頭《おおあたま》連が応援として顔を揃えるというので、太明蔵や小金吾は緊張し、戦線土産の題材で新作落語を作るなど、大はりきりに張り切った。

ところが、いよいよとなってその出番順が発表されて見ると、中心になると言われた若手の連中は、依然として、客の顔の揃わぬ入れこみの時間をあてがわれ、肝腎中入前後から終りへかけては、小はん、金楽、新橋、柳生などの頭株で占められる旧態常套《きゅうたいじょうとう》の並べ方

で、

「これがなぜ『落語報国』週間だと、俺はそれが癪に障るんだ。時局便乗の、羊頭狗肉じゃないか。だから……」

そんな金看板を外させるか、俺達が休んで「落語報国」週間の実績が挙げられるものか、組合へ掛け合って目に物見せてやる、といきまいた。

この火の玉のような男を組合へ交渉にやったのでは、決裂のほかはない。それならば、むしろ自分が行って掛け合おうと、太明蔵は思った。そして、まあまあ、と小金吾を宥《なだ》めながらも、組合の反省のないやり方や、先輩たちの、いつまでも古い慣例《しきたり》に晏如《あんじょ》としている無自覚な態度が、無性に腹が立って来たのである。

家を出る時も、道を歩き、電車に乗る時も、その事でいっぱいであった。何かにぶつかって爆発しそうであった。

それが、電車の中で、口火に火がつきかけたのである。あわてて消しとめはしたものの太明蔵は、自分の未熟さをまざまざと見せつけられたようでガッカリし、これからの掛け合いの気勢を殺《そ》がれたようで、安全地帯の上でしばらくぼんやり立ちつくした。

早稲田行きの電車ばかりが、つづけさまに来た。

その時、安全地帯の端に、一かたまりになっていた群の中から、

「靖国神社へ行く電車は、ここへ来やすかあねぇ？」

太明蔵の耳のそばへ来て大声にたずねた男があった。耳慣れぬ都会の騒音に、自分の声が吸い込まれるように感じるので、大声を出すのである。地方人共通の大声である。

太明蔵は、その声にふりかえった途端、

「おお」

と言った。さっき、電車の中で足を踏まれた相手であった。見ると、その一群の人々はみな電車の中の人たちで、しきりに指先へ唾をつけ、その指で、まくれ癖のついた遺族章をのばしのばししている老婆もあった。

太明蔵は覚えていたが、相手はぜんぜん覚えていない。自分が足を踏んだことなどは、てんで気がついていないらしいのである。太明蔵は、その無頓着さが、むしろおかしくなって来て、何となく、親しいものを感じ、

「はい。ここに待っていらっしゃれば、まいります」

と丁寧に言ったが、それだけではどうも言葉が足りない感じがして、

「この度は、御苦労さまで御座います」

今度は、鳥打帽をぬいで、お辞儀した。

「伜のお高庇《かげ》でやすだ」

相手の老人は、急に敬虔《けいけん》な眸をかがやかせて、

「明日は、お天子様のお目通りへ出られます。伜は孝行者でなあ、死んでからも、親父《おやじ》をこの光栄に浴《よく》させてくれたでやす。ああ、明日でやす。明日はなあ……」

陛下の御親拝を、我が眼をもって拝みうる感激に、老人は、眸をキラキラさせて言った。

「ほんに、うちの子等は孝行もんじゃ。江戸と背中は見て死にたいちゅうが、自分は死んでも、親共に、こうして結構な東京見物させちくれるでのう」

「わしは、もう、背中は見とうないよ」

「そうじゃ。お前はんの背中で見るものは、灸のあとぐらいのもんじゃけのう」

明るいさざめきが、そっちの群からほのぼのとたちのぼった。

「息子さんは、どちらの戦線でお亡くなりなさいましたので……?」

太明蔵は、ふと訊いて見たが、

「大向山《だいこうざん》という山の見えるところでな」

「おお、では山西省ですね」

「阜子《ふし》というところでやすだ」

阜子というのは識《し》らないが、大向山という山は、はるかに我が眼で眺めて来ただけに、淡い感慨が胸にひろがつた。

「稲長部隊福良隊山崎隊、伍長大塚忠吉と、伜は申しやすだ」

「稲長部隊……」

おお、あの部隊だ、と、太明蔵はドキンとした。福良隊というのも、山崎隊というのも記憶の中にないけれど、稲長部隊の各隊を、太明蔵は慰問した。しかも稲長部隊と言えば、皇軍慰問の旅の中でも、忘れられない記憶がある。それは、太明蔵の生涯を通じて、忘れられない思い出となるであろう。

三

静県の部隊本部を出発した二台のトラックは、二十人あまりの兵が分乗していた。

その兵の他に、国民服を着た色の生ッ白いのが七、八人、中に女もまじっている。兵たちは、その国民服の非戦闘員を護衛しているのであった。その国民服の中に、桂太明蔵も三遊亭小金吾もまじっていた。女は小唄の菊千代、舞踊の花柳かすみで、彼等はいうまでもなく陸軍恤兵部《しゅっぺいぶ》の皇軍慰問団で、いま、部隊本部の慰問演芸をすまし、さらに警備駐屯地や前線の各隊を、歴訪する途中であった。

道は凹凸のはげしい隘路《あいろ》であった。トラックは、灼けつくような太陽の直射をはねかえしながら、人々を飛び上がらせ飛び上がらせして走った。飛び上がっては叩きつけられる度に、女たちは歯をくいしばって堪えた。鐘鬼髯《しょうきひげ》の伍長は髯に似合わぬ優しい眸を、いたましそうに反向けながら、

「慰問も大切じゃ。戦塵にまみれた兵たちの心耳を洗い、英気を養ってくれる。有難い大切なもんじゃ。しかし、女の人は、お国へ帰ったら子供を生んで貰わねばならぬ使命がある。その使命はさらに大切じゃ。軀は、いっそう大事にして貰わにゃならん」

調子がいささか訓示めいたので、今度は、

「男は、男一匹というが、女は、女一匹とは言わん。つまり、その、子供をたくさん生んで、何匹、いや何人にもなって貰わにゃならんからじゃよ」

あはははと大きく笑った。何とかして、慰問団の労を犒《ねぎら》うつもりなのだろう、重い口からそんな事を言われると、太明蔵はかえって胸をしめつけられるように思った。伍長は、

一人で言って一人で笑ったが、兵は誰も笑わなかった。皆、緊張した面持ちであった。部隊本部から警備地までの、この四粁《キロ》の道は、決して油断が出来なかった。いったん逃げ散った敗残兵が、おいおいに集結し、遺棄したり、隠匿して行った武器弾薬を拾い集めて、匪賊《ひぞく》化することがある。皆、八方に眼をくばって油断しなかった。

果して、警備駐屯地へ一粁あまりの地点にさしかかった時、軽機一を有する五、六十人の敵の襲撃をうけた。

「慰問団はトラックの中に伏せ。出ちゃならんぞ、殊に女は顔を見せちゃならん。女を見ると、敵は勢いをかり立てることになる。出ちゃいかんぞ！」

髯の伍長が、そう怒鳴っておいて、飛び降りた。激しい応戦が展開された。太明蔵はじめ男たちは、じっとしていられなかった。甲斐甲斐しく弾丸運びなどして働いた。兵は六人までが傷ついた。狭いトラックの中を、匍《は》うようにして、菊千代とかすみが負傷の手当をした。応戦は三時間つづいた。幸い、敵に軽機はあったが弾薬が充分でなかったのと、銃声をききつけて警備地から援兵が来たのとで、敵は五つの死体と、動かなくなった軽機を棄てて遁走した。慰問団は髯伍長から、

「諸君は、芸人の割り合いには勇敢じゃぞ。が、これから、こういう際には大人しく掩護

物のかげに立籠っていて貰いたい。かえって足手纏で働きにくいぞ！」

と叱られて恐縮した。それにしても、数ならぬ自分達のために、貴重な兵隊さんが、六人まで傷ついたことは、彼等にとっては非常な自責の念にかられた。菊千代やかすみは、涙をながして、感激とも謝罪ともつかぬ言葉をくどくどと言った。

「現在《いま》の我々は、貴方がたを護衛することが任務です。我々は任務のために傷ついたのです。一地点を死守して負傷したのと、何の変わるところもありません。まして、貴方がたは、こういう危地を厭わず、弾雨の中に慰問行をつづけて下さる天使です。改めてお礼を申します」

髯の伍長は、静かに頭を下げた。

「オイ。貴様、負傷してこんな美人を泣かしおった。女の子に紅涙をしぼらせるなんて、貴様、案外の色男じゃぞ」

「馬鹿言え。俺は、昔から女の子に泣かれて困ったものじゃ」

「して見ると、貴様、昔から餓鬼大将だったのか」

「虐めて泣かしたんじゃないぞ。こいつ、知らねぇな」

皆、朗らかに笑い合うほど、幸い負傷は案外に軽くて、トラックは再び全員を収容し、そのまま警備駐屯地へ前進することが出来たのであった。

四

太明蔵は、遺族の人たちといっしょに、九段坂下で電車を降りた。どうしても、そのまま別れてしまう気がしなかった。

稲長部隊の大塚伍長……と聞いて、伍長といえばもしや、と、あの時の髯の伍長の顔がスーッと太明蔵の頭をよぎって、小川町までの乗換券を棄権させた。

二、三日前の、大祭第一日にお詣りした大鳥居の下を、遺族たちといっしょにくぐった。手洗水《みたらし》でも、いっしょに手を洗った。何となく、心まで洗い清められるようであった。ふところから手拭をとり出し、それで皆の手を拭いてもらった。しとどに濡れた手拭の、桂太明蔵と染めた字を、自分でおしいただきたい気持であった。

太明蔵は、思いきってたずねた。

「大塚伍長殿は、髯がおありになりましたか？」

「はて、大塚の忠吉さんに、髯があったかのう？」

「さあ、髯なんか無かったように思うがのう」

同郷と見えて、二、三人が小首をかたむけると、父親が筋くれ立った手で、大きく押えながら、

「あったぞあったぞ。出征する時は無かったが、戦地から送って来た写真では、とんと五月人形の鐘鬼様のようじゃった」

と言った。

たしかに、そうだ、違いない、と太明蔵は思った。稲長部隊は、大部隊である。髯の伍長はおそらく一人ではあるまい。他人かも知れぬ。恐らく他人であろう。が、太明蔵は、そうは思いたくなかった。

(たしかに、そうだ。違いない!)

心の中で、も一度そうくりかえした。

遺族集合所の、前まで来た。そこから先は、遺族のほかは入れなかった。

「お前さん、済まなかったのう」

相変わらず、横柄な言い方であった。

「わしが伜の、お祀りいただいているところだが、東京は広いで、一度来ただけじゃ分

りゃせん」

しかし、今は、その言い方のほうが懐しかった。

別れる時、太明蔵はふと、いいことを思いついた。ふところの紙入れに、新橋亭の切符が何枚かあるのを思い出したのである。

「私は、昨年、前線を慰問させていただきました落語家で御座います。その節のお土産話を、ぜひお聞きを願いたいので御座いますが……」

あるだけの切符を摑み出しながら、つけ加えて言った。

「私どもは、出番が浅う御座いますから、せいぜいお早くからお出掛け下さいませんことには……」

「行くとも行くとも。俺たちは、幕のあく前からつめかけているだよ。なあ」

後ろをふりかえると、皆がコックリコックリうなずいた。

太明蔵は、九段下から大曲行きの電車に乗った。もう、小川町へ行く気はなくなっていたのである。

(あの人たちを満足させる話は、俺たちでなきゃ出来ねえ。たとい出番は浅くとも、あの人たちのためにも、俺たちはいい話をしなくっちゃ)

小金吾も、きっと自分の言うことを、納得してくれるに違いない、と思った。
小金吾の住居《すまい》は、大曲から一、二町、水道端町の露地の中にある。
電車はいつか、江戸川べりをはしっていた。

さしみ皿

一

「ひらめは、もう品切れになった」

「オーライ!」

「はいも、仕舞《やま》や」

「O、K」

「それから……」

若い料理場《いたば》主任の文吉は、も一度手許の材料《ねた》を、目早く見渡した。しかし、包丁を握った手はちっとも休めず、色の白い顔が、クワッと紅くなるほど忙しい。

大阪名代《なだい》の小料理屋、南地《なんち》歌舞伎座裏の「梅鉢《うめばち》」の、午後九時、ちょっと過ぎたころである。

「梅鉢」は、毎晩、もうこの時間になると必ず材料が乏しくなる。仕入が少いのではないが、客が多過ぎるのである。「梅鉢」は、ついこの間まで、五、六人の客で満員になるような軒店《のきみせ》で、太田はん夫婦がお好み天婦羅を揚げていたのが、

「歌舞伎座の裏の『梅鉢』、ちょっと食《い》けるぜ」

という評判が立ったかと思ううちに、どんどん店をひろげ、五年経たぬ間にこの繁昌ぶりだった。手軽で、旨くて、体裁のええという大阪流の三拍子揃ったところが、ピッタリ来たのである。もう太田はん夫婦は、郊外に、借家をたてて引っ込み、仕入《かいだし》から料理場一《いっ》切《さい》を文吉に、客席から勘定場《ちょうば》一切を宗二郎に、と、若い二人の雇人に委せきりだが、そんなことにおかまいなく、店はますます繁昌した。

一度でも見かけた客の顔を見れば、

「おっ、おいでやす！」

と、客席から見えるようになっている料理場で、文吉が軽く会釈し、勘定場で、宗二郎が、

「まあ、えらいお久し振りでんなあ」

金銭登録器《レジスター》をガチガチさせながら、笑顔を向ける。それも客にとっては、一つの魅力で、「文やんの包丁と、宗やんの愛嬌。この二つで、ここの店はもってるというてもええようなもんや」

と、顎をなでて悦に入るのである。

文吉と宗二郎、どっちもまだ三十には間があった。二人とも独身だが、堅いという評判だし、それぞれ七、八人ずつもいる料理人《いたまえ》と女中《なかい》たちからも、尊敬されていた。

正午《ひる》まえから夜の一時二時まで、客もこっちもダラダラしていた頃とは引きかえ、五時の開店《いれこみ》から十時の閉店《かんばん》まで、その短い時間に、山のような材料《ねた》が美しい一鉢ずつの料理となって、どんどん消化されて行くことも小気味よかったし、酒も一人に二本、ビールなら一本と限定されると、客も流れるように循環するので快かった。その代り、最も客の混雑《たてこ》む午後九時頃ともなれば、さながら戦場の如くで、女中《なかい》や料理人《いたまえ》はもとより、酒の燗をする銅壺の湯も、クラクラと滾《たぎ》り立っていた。

若い美しい女中が、トントンと忙しく階段を下りて来た。美人揃いの中でも、ひときわ眼立つと評判で、九條さん、武子さん、とよばれるほど淑やかなお菊であったが、何気な

く銅壺から銚子を取り上げようとして、

「アッ、熱つッ！」

あわてて耳に手をやった。

「もし、ちいと気をつけておくれやす。こんな熱燗が、お客さんに出せますかいな」

「お菊さん。先刻《さつき》から、石川の旦那が来ていやはるやろ。そこへ気をきかして、銅壺が少し熱燗にしておきよったんや」

「まあ何んで？」

「石川はんが、あんたに見惚《みと》れていやはる間に、熱燗もええ加減に冷めるわいな」

「宗二郎はんの、意地悪。覚えておいでやすや」

勘定場《ちようば》から揶揄《からか》う宗二郎を、お菊は、きれい長な眸《め》で美しく睨んだ。

その時、文吉だけが、とつぜんグッと不機嫌になった。

その不機嫌な視線に、棚の、いかの刺身がチラリとうつった。

「おい、これを放棄《ほつたら》かしておいたのは、誰や！　このいか刺身《さし》は、誰が注文した？」

二十分も以前《まえ》に文吉がつくった刺身が、白々とした光沢《つや》のまま、そこにボンヤリ置かれていたのだ。それが癇癪の口火を切った。

「ああ、すみまへん」

お菊であった。銚子の露を拭きながら、

「つい、一時に混雑《たてこ》んでたもんでっさかい、注文《とお》し損うて……」

軽い謝罪を、親しさと共に眸にこめて、にっこりした。いつもならそれまでだったが、今夜はそれでは済まなかった。

「なにが可笑《おか》しうて笑うのや」

平手打ちのように尖った声が、その美しい横顔へからみついた。

「我々は、伊達や酔狂で包丁を動かしていやへんぜ。みじんに切った大根のツマの一本一本にも、料理人の血と精神が籠っている。客に出しもせんものを造らされて、君達の嬲《なぶ》りものにしられて堪るもんか」

お菊の硬ばったような笑顔から、見る見るうちに、血の色が蒼白く褪せて行った。

「痩せても枯れても『梅鉢』は、料理屋や。君達の、紅や白粉の添物に料理を拵えているのやない」

「まあ、そんな酷《きつ》いことを……」

「何が酷《きつ》い」

そこへ宗二郎が割って入った。

「やめたやめた。このラッシュアワーに、痴話喧嘩《いちゃいちゃげんか》どころやないぜ。あははは」

「おい。人聞き悪い事を言うて貰うまい。ふん、石川はんへのサービスも結構やが、上の空で注文を通されてはやりきれん」

「それ、それが痴話喧嘩《いちゃいちゃげんか》や。はっはっ」

文吉は、はっとした。

あっ、そうだ。知らず識らずに石川の存在に拘泥《こだわ》っている、と気がついて、文吉はギョッとした。

二

文吉とお菊のことは、「梅鉢」では誰もが言わず語らず、薄々それと察していた。

お菊の弟の信太郎は、同じ「梅鉢」の料理場《いたば》に、文吉の下で働いていたが、去年の春、召しに応じて出征した。その壮行会の席上でも、

「姉のことは、よろしゅうお願い申します。あんたに頼んでおけば、心残りはおまへん」

と、堅く文吉の手を握り、文吉もしっかり握りかえし、人々も、朗らかに深長の意味をのみこんだ。

しかし当人同士はそんな思惑を他所《よそ》に、未だにあかの他人であった。どっちからもなんとなくヨソヨソしかった。それでいて、お互いに毎日顔を見るのさえ切ないほど烈しく燃え上るものが胸の中にあった。宗二郎だけがそれを知っていて歯痒《はがゆ》がった。

(チェッ。なんぼ、不義はお家の御法度やかて、一枚の紙にも裏表ということがある。二人とも、あんまり堅苦しゅうて、融通がきかな過ぎる)

と、気を揉んだ。

「梅鉢」にかぎらず、雇人同士の恋愛は、どこの店でも厳禁である。しかし、勤めてから四年間、浮いた話一つない文吉と、弟の出征後は住み込みで働き、素行《みもち》の堅いお菊となら、むしろ大賛成や、と主人の太田はん夫婦も信用していた。そして将来《ゆくゆく》は二人仲よく独立させ、相当な店を持たせてやろうという考えであった。

「宗二郎。お前がいつも傍についているのやさかい、好え機会《チャンス》を捉まえて、二人を旨く纏《まと》めてやってくれ」

と、つねづね主人から言われているだけ、宗二郎も一日も早くまとめたいと、

「文やん。君もそろそろ身を固めて、独立する時やぜ。君ほどの腕があって、いつまで他人に使われているというのは勿体ない」

それとなく話の端緒《いとぐち》を作ろうとしても、

「割烹の職には、これが味の頂点という限りはない。言わば、一生涯が修業の道や。なに、女房？　阿呆らしい、まあ当分は、包丁という女房を大切に守っていよう」

と笑って、てんで見向きもしなかった。そして二人は未だに腕のいい若い料理人《いたまえ》と、人気のある美しい女中《なかい》にすぎない。

文吉が、どうしてもその垣根を越えかねるのは、あながち気が弱いばかりではない。勇気はあった。が、いざという時、チラチラ顔を出してその勇気を鈍らせる暗い翳《かげ》があった。それは、宗二郎さえ知らない。ただ、四年前に文吉をどこからともなく連れて帰った、太田はんだけが知っている事であった。

文吉が、まだ二十四の若い修業ざかりのころ、京都で屈指の「水仙」の料理場《いたば》で、包丁の磨ぎかたのことから間違いが起こった。相手の鉄太郎も無類腕のいい料理人《いたまえ》だったが「裸の鉄」と渾名のある破落戸《ならずもの》で、文吉も包丁を握っている時でさえなかったら、胸をさすって我慢もしただろう。が、ハッと我に返った時、相手の右の指を、親指へかけて三本

まで斬り落としていた。そのため鉄は、あたら腕を持ちながら包丁が握れず、友達の情で姿をかくした文吉を、

「探し出して、この礼は、きっと言う」

とつけ狙った。太田はんは、ふとした事から文吉の腕を惜しがって、人知れず連れて帰ったが、幸い鉄の音沙汰はそれきりなかった。もう四年、事変以前《まえ》のことである。が、イザという時、文吉は鉄の顔を忘れかねた。そのため、折にふれてお菊がしおらしい好意を見せても、わざと顔をそむけ、

（あの時、包丁さえ、握っていないんだら……）

と、腹が煮えかえるほど口惜しかった。そして、お菊が清く美しく、またない女に見えれば見えるほど、自分の暗い過去で不仕合せにしてはならぬと、文吉は諦めた。

その矢先に、石川はんの話である。

心斎橋の石川はんと言えば、一流の洋品雑貨店だったたし、先年糟糠《そうこう》の妻を亡くし、石川はんはでっぷり肥った鷹揚ななかに、どこかさびしい影があった。その石川はんの白羽の矢が、お菊の上に立ったらしいという噂なのである。

それを聞いた時、文吉は、大きな落としものをしたようなガッカリした気持と共に、何

かしら肩の荷を下ろしたようにホッとした。しかし、ホッとはしていても、もはや自分の手から遠ざかろうとする仕合せに対して未練が出たし、今夜のように、誰かが、

「石川はんが来ていやはるので、お菊さんも、ポーッとしているのやがな」

などと言うと、思いがけない嫉妬の炎が燃え上がって、我にもなくクラクラした。そして、とうとう、

「おい、君の責任や。この刺身はどうしてくれる？」

浴せかけるように言ってしまった。

「済みません。そのお刺身は、私が……」

お菊は、蒼冷めた顔をふとあげて、震える手を刺身皿へのばしかけた。

「どうする心算《つもり》や……？」

その手を、グッと文吉が押えた。

「石川はんに頼んで、これを押し付ける心算《つもり》か？　ふん、君らしい考えやが、そうはささん！」

文吉は、頬を痙攣させるように笑って、

「いかの刺身は、造ってから二十分も経てば味が変る。こんなもんを客の前へ出して恥を

かかされてたまるもんか」

「そんなら、どうしたら、気が済みます？」

「こうしたら、気がすむ！」

ガチャンと音たてて、刺身皿は板石《どま》の上に散乱し、お菊の裾に醤油がサッと散った。お菊は、前垂れを強く顔に押しあてると、嗚咽を噛みしめ、烈しく体を震わせた。

「お菊さん。石川はんが、お待かねでっせ」

派手にトントン降りて来た女中《なかい》のお春が、階段の中ほどで、立ち竦んだ。宗二郎も、料理場《いたば》の連中も、呼吸をつめて声をのんだ。

三

その翌日のことである。

文吉は、島の内に新しく出来た「錦」という小料理屋の一隅で、静かに呑んでいた。七時と言えば宵の書入れ時で、眼の玉の飛び出るほど忙しいのに、平気で他所の店で酒を呑んでいる、と言っても不思議はない。今日は文吉の公休日である。

文吉は、公休日には必ず評判のよい店へ、味を見に来た。今日も、「錦」の野菜物《しょうじんもの》の味がいい、と聞くと、じっとしていられなくてやって来た。昨夜、刺身皿を投げつけた時の嫉妬の炎とは別な、真剣さが眸にあった。

(おっ、『梅鉢』の文やんが来てるぜ！)

それと気がついて、料理場《いたば》の連中が緊張した。腕によりをかけて出す料理は、真剣勝負の味が籠った。

「文やんやないか。珍しいとこで会うなあ」

振り返ると、思いがけない石川はんだった。

「今夜は、敵情視察か？　まあここへ上がって、一ぱいやったらどうや」

背後の小座敷から、もうほんのりと色に出た顔をのぞかせて、

「いつも、君の腕には舌鼓を打っているが、今夜はひとつ、君の解説を聞きながら、物の味でも教えて貰おう」

と、ゆったり笑って人柄を見せた。石川はんは、独り身の所在なさと寂しさを、せめて時々、旨いものの味覚にまぎらせているのであった。

「そんなら、お言葉に甘えまして……」

文吉は、遠慮勝ちに座敷へ上った。そのうちに、一視同仁とでも言おうか、何の隔てのない石川はんの話し振りや、竹を割ったような気性に、いつしかすっかり惹入《ひきい》れられている自分に、文吉は驚いた。石川はんの人柄にはじめて接して、たちまちまいった感じである。女なら、これが、惚れたという気持かも知れん、と文吉は兜をぬいだ。そして、幸い石川はんにその気があるなら、お菊の仕合せのためにも一切をこの人に頼もうと心を決めた。

「実は、折り入って、お願いがおますが……」

「話というのんは、君の独立の相談やないのか？　それやったら一肌ぬぐよ」

文吉は、その好意にしみじみ頭を下げながら、

「独立なんて、大それた事やおまへん。実はお菊さんの身の納《おさま》りにつきまして……」

「その事か」

石川はんは、じっと文吉を瞶めて、

「あの人も、そろそろ身を堅めんならんさかいなあ」

にっこり、眼眸《めもと》が綻びた。文吉は隙《すか》さず、

「お菊さんを、どう、お思いになります」

「ええ人やと思うている。美しいし、気立もやさしい」

「それよりも、人の奥さんとして？」

「どんな男の妻としても、恥かしゅうないと思うている」

「もしも……」

文吉は、思い切ってズバリと言った。

「貴方なら、奥さんにしてやりますか？」

「するなあ。事情さえ許すなら……」

文吉は、ピタリを手をついた。

「お願いです。ひとつ、その事を真面目に考えていただけますまいか」

「と、言うと？」

「こんな事を突然申し上げては、御迷惑やないやろうかとも思いました。けど、どんな男の妻にしても恥かしゅうない、と仰有った今のお言葉で、お菊さんのために、押してお願いしようと決心しました。どうぞ、是非、真面目に考えて見ていただけまへんやろか
……？」

「君は、その意味で私の意見を求めたのか」

と、じっと閉じた眼をあけて、

「私はまた、君こそお菊さんの御亭主に願うてもない人やと思うていたのや」

「そんな、話を逸《そ》らさんとくれやす」

「君とお菊さんの話なら、喜んで仲人にもなるが、私の女房という事になると……」

「私の女房にならら似合うが、貴方の奥さんには出来んと仰有るのでっか」

思わず声が高くなりかけた。

「いや、私だって、事情が許すなら、お菊さんに来て貰いたいと思うている」

「事情やなんて、そんな言い方は……」

「君は、私が卑怯で逃口上を言うているとでも思うているのか」

石川はんは、侘《わび》しく眼をまたたかせて、

「私は商人や。商人《あきうど》の家というものは、他所《よそ》の見る眼がとりわけ光る。私がお菊さんを迎えようとしても、その眼が、あの人の昔の素行《みもち》を洗い立てずにはおかんやろ。そうなったら、周囲の事情が、必ず許さんことになるやろう」

「昔、素行《みもち》？」

「君は本気であの人をすすめるところを見ると、まだ何も知らないらしいなあ」

「貴方は、お菊さんに難癖をつけなはるのでっか？」

文吉が、前後の見さかいなく、石川に詰めよろうとした時である。

「文やん」

いつ来たか、宗二郎が肩をおさえた。

「急に用事が出来て、方々さがしていたところや」

と言ってから、慇懃《いんぎん》に石川はんへ頭を下げて、

「堪忍してやっとくれやす。文やんは、その事情《わけ》を、何も知らんのでっさかい」

四

その事があってから二、三日経った晩、ようやく閉店《かんばん》になって、めいめい帰り支度をはじめた時である。

いつもは、客にすすめられても盃をうけず、滅多に赤い顔をしたことのないお菊が、今夜はしたたかに酔っていた。そして、帰り支度の薩摩上布と着かえている文吉の前へ立ち塞がるようにし、呂律《ろれつ》の廻らぬ口で、

「文吉さん。あんた、私が石川はんの奥さんになる気があるか、ないか、知っていてあんな話をしなはったんでっか？」

「あれはやり損いやった。あやまる」

文吉は素直に頭を下げた。

「そんな事、どうでもよろしおます」

女は燃えるような眸で文吉をみつめて、

「あんた、私の一番仕合せは、石川はんの奥さんになることや、と思うていやはりまっか？」

「いや、あの人ばかりは買い被った。石川はんは卑怯な人や。嘘をつく」

「いえ。あのお方は、嘘をつく人やおまへん」

「けど、君の素行《みもち》をどうのこうのと……」

「それで奥さんに出来んと言わはるなら、して貰わんでもよろし」

女は、男の表情のわずかな動きも見逃すまいと、烈しく見据えて、

「そんなら、お妾さんにして貰います」

そう言い切って、相手の返事を待ち構えた。

「君。君は本気で、そんな事を言うのか？」

文吉は、思わず足摺りをして、

「人の妾になろうなんて考えている女《おなご》が、この御時勢に、まだいようとは思わなんだ」

「どうせ、文吉さんの奥さんにして貰えるわけやなし」

「また、するとは言わん」

「言うてくれはらんよって、私は今日まで、今日まで……」

サッと潤んだ双の眼から、大粒の涙がこぼれ落ちた。お菊はそれを拭こうともせず、濡れた眸で、うらめしそうに文吉を瞶めた。

酔っているんだ、とそう思い返して、文吉は眸をそらした。

「君は、昔の素行がどうのこうのと、難癖をつけられて、口惜しいとは思わんのか」

「いいえ、難癖やおまへん。石川はんの仰有る通りだす。私は、私は……」

宗二郎が、慌ててお菊を遮《さえぎ》って、

「これ、お菊さん。何、何を言う」

「いいえ、私はもう人の奥さんになる資格のない女だす。私は、世帯崩れの、あばずれだす。私は、私は……」

宗二郎が、吃驚《びっくり》してその口を塞ぐようにした。お菊はそれをふりほどこうと、泣いて、もがいた。

世帯崩れ、あばずれ……。文吉は、まさかと思った。今夜は酔っている、と、も一度そう思い直すと、文吉は、

「お先きに……」

と、まだ十一時というのに、電力を節してもうすっかり暗くなった戸外に出た。

それからまた二、三日経ったある晩、文吉とお菊は、宗二郎から思いがけないことを、べつべつに頼まれた。宗二郎が店のお春と結婚するというのである。結婚式は明日の正午、式場は宗二郎の家ときまったが、仲人がない。馴染甲斐に、文吉とお菊に引き受けてくれというのだ。

(後の雁が、先になった……)

二人は、何となく淋しい気持で承知した。

仲人ともなれば、黒の紋付に、裾模様。文吉の紋は土佐柏、お菊は笹龍胆《ささりんどう》。たしなみが好いので、借物でなく用意していた。かえってお春の方が縞物で、さすが無頓着の宗二郎も頭を掻いた。やがて、型ばかりの盃ごとがすみ、

「滞りなう済んで、お目出度う」

「お目出度う御座います」

仲人の、文吉とお菊が、挨拶した時、

「その目出度いついでに、君達お二人の紋付姿をそのまま、我々に仲人さして貰えんやろか？」

と宗二郎が切り出した。それは予定の行動で、本当はそのために、お春との結婚式を繰り上げたのだと言った。お春が、ちょっと怨じるように宗二郎の横顔を眄《み》た。

もとより、拒むわけもなければ、拒みもしない。やられた、と文吉は思った。が、その心の底で、どうしてでも纏めてやろうと努力する、宗二郎の友情を感じてホロリとした。お菊も涙ぐんで俯向いていた。

「お二人ともに、御返事のないのんは、お任せ下さるものと認めて、お話をすすめます」

と、宗二郎は改めて膝を正した。

「さて、お盃に先立って、ただ一つ文やんに了解を得ておかんならん事がある。それは、お菊さんの過去についての問題や……」

お菊は軀をかたくして、いっそう下を向いた。

石川はんの言ったことは、嘘ではなかった。お菊はかつて結婚生活をしたことがある。愛情があったわけではなく、言わば欺されたのであった。沢田というその男は酷い懶惰者《なまけもの》で、一年あまり同棲してお菊を苦しめた挙句、他に女を拵えてツッ走ってしまった。

「あいつ、今度顔を見せたら、ただは置かん」

信太郎が、いつも言い言いしてこぶしを握った。もう五年以前《まえ》の事である。

「もとより、籍が入っているわけではなし、今日まで身を固うしていただけでも義理は済んでいる。そんな男のために、お菊さんの一生を台無しにせんならん筈はどこにもないし、何かの時には、儂がいっさい責任を持つ」

顔は見えないが、畳についたお菊の手がかすかに震え、必死の情をこらえて、文吉の返事一つを待っているのがよく分る。

文吉は、グッと顔を上げた。

「お菊さんだけやない。そんなら、私にも打ち明けておかんならん事がある。実は……」

「あ、それば言わんとおいておくれやす」

お菊の手が、文吉の膝に重くかかった。

「その事は、私は、疾《と》うから知っています」

「知っていて、それでも、私を……」

「あんたさえ、昔のことを堪忍してくれはるなら、私は、私は……」

そうか。そうだったのか、なにもかも知りつくしていて、それでいてお菊はかわらぬ愛情を示していてくれたのか、と、文吉は鳩尾《みぞおち》が熱くなった。もはや暗い翳は、頭のどこにも泛び上って来なかった。裸の鉄にしろ、沢田にしろ、来たなら来たでその時のことだ。その事で、決してお菊を不仕合せにはしない、と決心した。

宗二郎は、二つの紙包を取り出して前へ置いた。一つは主人太田夫婦から、一つは石川はんから、文吉たちへの「お祝い」だった。

五

夫婦は、「梅鉢」へ三月の御礼奉公をすますと、心斎橋の大丸の横へ、小ぢんまりとした店を持った。店の名は「文菊」。

「ははん。文吉の文に、お菊の菊か。たといお酒は一本ずつでも、さぞお客は当てられて酔っぱらうやろ」

と言いながら、石川はんは本腰を入れて後援した。おかげで客筋もよく、繁昌した。

二月三月《ふたつきみつき》は、楽しい夢の中にすぎて、一年経った。今年の花も咲いて散って、冬になったが、「文菊」のなかはいつでも駘蕩《たいとう》として春めいた。二人きりでは、手が廻らなくなった。が、なまじい人を雇うより、水入らずの方がと、二人で働けるだけ働いた。

客のたてこむ七時、八時には、お菊が見よう見まねで料理を手伝って、文吉に叱られた。

その夜も、石川はんが来ていた。

「いかの刺身でも貰おうか。それなら、お菊さんにでも造れるやろ」

お菊がいかを造って、さしみ皿へ盛り分ける覚束ない手つきを、横眼でチラチラ見ながら文吉が、

「チェッ、チェッ」

つづけさまに、舌打ちし、

「それでもお前、手が二本あるのんか」

たまらなくなって、口を出すと、

「文やん、そんな無理を言うてやりないな。料理は手の数や指の数でするのやない」

ふと、石川はんが思い出したように、

「そうそう。この間、神戸の『今新』という料理屋に行ったら、凄い料理人《いたまえ》がおった。左手一本で包丁をさばき、鯉の活造りをあざやかにしよった」

文吉も、お菊も、フッと顔を上げた。

「話をして見ると面白い男で、以前はやくざやったが、料理の上の口論から、相手に右の手の指を三本落とされ、一時は包丁が握られんようになった」

その絶望のドン底で、血眼になって相手を探し廻っている時、彼は、世にも厳粛なるものを見た。それは帰還の傷痍《しょうい》軍人の一群が、義足でけなげな行進をつづけ、、舗装路《アスファルト》の道を高らかに踏み鳴らす音であった。片手にハンマーを握りしめて起ち上ろうとする、涙ぐましい更生の努力であった。彼は一瞬、電撃に遭ったようにブルンと軀が震え、残った片手でじぶんを殴りつけたい衝動にかり立てられたという。そして、

「おのれくそ、左手一本でも、立派に包丁を握って見せる、とその方へ精根を打ち込んだ。それというのも、兵隊さんのお蔭やが、現在では、右手のあった時よりも腕が上った。物は考えようで、その時の喧嘩相手も、言わば恩人やと思うてます、と言うていた。何でも、『左の鉄』という渾名やそうな」

「裸の鉄……か」

「裸やない。左の鉄や。つまり、左甚五郎の再来やな」

と、つけ加えて、笑った。

(よし、明日は行って、活造りの腕前を見てやろう)

文吉は、胸いっぱいにとうとうと溢れあがる、清新潑剌な闘志を感じていた。

兀《ウ》良《ラン》哈《カイ》の勇士

杉坂墓所

夜来の雨に洗われた山峡《やまあい》の朝は、しとどに濡れて柔かになった樹肌樹肌へ、乳色の靄が流れ揺蕩《たゆた》い、陽《ひ》が、微かに透けて清々しい。

もう初秋の声がかかると、さすがに朝夕の風は肌に冷たく、遥かな梢には紅や黄の色がチラホラした。

六助は、杉の樹と樹へ横木を懸け渡し、腰に束ねた縄切れを、抜き取っては、括《くく》りつけた。

「母上。六助はいつまでも、母上と二人で暮しますぞ」

ボロボロと涙を滾《こぼ》しながら、一心不乱に、その谷あいで小屋掛けをしているのであった。

六尺豊かな魁偉《かいい》な容姿《すがた》。月代《さかやき》も剃らず、頭髪《かみ》も梳《くしけず》らず、破れ布子《ぬのこ》に包《くる》まってはいるが、色白の広い額が、チラリと爽かな面貌《おもざし》をのぞかせる。それだけに、泣き腫らして充血した眼が不似合いで、いっそう哀れである。

豊前小倉の城下から東南へ三里、杉坂という名の通り、杉の木立に包まれただらだら道で、粗ら粗らに五、六十基ほどの墓所だった。

「母上。六助はいつまでも、母上と二人で暮しますぞ。母上お一人お置きしてはお淋しかろう。六助も淋しゅうてなりません」

六助は、母の亡骸を葬った夜、その墓所から立ち去りかね、土饅頭の前にひれふして夜を明かした。そして、しらじらと東がしても、木谷《きや》村へ帰ろうとはせず、その墓の見える谷あいへ、小屋を掛けはじめたのである。

一坪あまりの小屋の中は、その半ばを一段高く須弥壇《しゅみだん》をつくり、古びた父のと、新しい母の位牌を並べて祀った。残りの半ばは、体軀抜群の六助が、肱を曲げ蟠《わだかま》るようにして、やっと臥《ね》られるほどだった。これから先の幾日かを、夜でも母のおくつきの拝されるここで、起臥《おきふし》する心算《つもり》なのだろう。彼はそこに苫《とま》を敷いた。

馬の蹄の音が近づき、小屋の外にとまったのさえ心づかず、六助は須弥壇を浄めていた

が、ふと菰垂《こもだ》れに手をかける人の気配に、

「誰だ？　兵庫殿か？」

と、振り返らずに直ぐ声をかけた。

「左様」

馬鞭を腰に差し、立花兵庫はニコニコ覗き込んだ。赭顔矍鑠《しやがんかくしやく》として磊落《らいらく》そうなところが、鬢髪《びんぱつ》白く六十近い齢を、五つ六つ若く見せる。

「ほう、一段と風流なお住居が出来ますな」

「母の墓守をして住む家を、六助が建てました。木谷村の住居から通うては、母が、夜を一人で淋しかろうと存じまして……」

「では、いよいよ母御の墓と共に、この豊前小倉に根を下さるるか。や、これでこっちも胸のつかえを下した。やれやれ有難い」

六助は、なぜかそれに応《こた》えない。

立花兵庫は、小倉の城主立花左近将監統虎《むねとら》の家老である。

「六助どの。このへんで名実ともに小倉の人となり、この老骨に花を持たせては下さるまいか。はや一年越しの主人の懇望に、承引の御返辞が、今日は是非とも戴きたいものだ」

主命とはいえ、根気よく通いつめ、いつも六助の後姿に、口説きつづけて来た兵庫であった。

「六助どの、貴田氏……」

「私を、貴田六助と呼ばるることはお宥《ゆる》し下さいと、度々《たびたび》申し上げました」

六助が、遮るように振り返った。

「貴田の姓は、加藤家退転の砌《みぎり》、清正公へお還し申し上げました。六助とのみお呼び下さい。誰も皆、所の名に因《ちな》んで木谷村六助、木谷の六助、と呼んでおります」

「それだ。主人統虎が属根《ぞっこん》の熱心は、抜群の武芸力量だけではない。去っての後も旧恩を忘ぜず、故主を慕わるる、その志をこそ……。その人を、他家の花と見たくないお心からだ」

「兵庫殿へは済まぬ事ですが、御返辞はいつも一つ。二度の主取りは心に副《そ》いません」

「しかし」

「重ねて仰せられては、母の墓を棄てて当所を退散せねばなりません。六助を、この上の不孝者にしては下さるな」

辞《ことば》は柔かでも、キッパリした拒絶である。兵庫も黙った。しかし、諦めたのではない。

ただ、これが六助の母が生きていた時なら、

（御老母の一期《ご》の思い出に立派な裃《かみしも》姿をお眼に懸け、安心させらるることそ孝の終り）

と、うまい二の矢が継げたのだが、今度はそれが出来ぬ。兵庫はニヤニヤ笑いながら、なんとか辞《ことば》の継ぎ穂を考えているのだ。


六助が、父貴田孫六に従って加藤家を去ったのは、天正十年山崎合戦の直後で、当時十九歳の若冠《わかもの》であった。齢すでに不惑を過ぎ、駈け引きにも長じていた父孫六は、山崎の戦に、若い清正の命を軽んじ自儘《わがまま》に進退して、清正を危地に陥れた。戦《たたかい》の後、身を責めて切腹しようとしたが、清正は惜しんで許さない。すなわち暇を乞い、流浪の途上で自殺して果てた。六助母子に光明のない旅が六年つづいた。しかし六助はその間、天性の膂力《りょりょく》に加えて、吉岡流の開祖兼房からその奥儀を許され、武名は一時に揚ったが、父の意を体して主取りの心はなく、母の手を曳いて辺陬《へんすう》の地を歩いた。


天正十五年九月、九州征伐の後、故主清正が肥後四十五万石に封ぜられたと聞き、

「老先《おいさき》の短い身、同じ死ぬなら懐しい故主の膝下、亡夫《ちち》の知己に見守られて……」

とせがむ母。いうまでもなく、我子だけはもう一度、世に出したい念願に他ならない。


六助は母の辞の否《いな》み難く、背に負うて幾山河を越えた。しかし母は、その長旅に堪え得ず、

赤間ヶ関を過ぎる頃から患いつき、肥後の隈本を近くに、豊前の小倉で枕の上がらない軀になった。

小倉の城主立花左近将監は、もとより勇武の大将である。貴田六助、領内に滞在すと聞いて、立花兵庫に命を授け、さてこそ兵庫が通いつめての慫慂《しょうよう》となった。その間に母の病は日毎に篤く、再び肥後へは、覚束なくなった。

木村又蔵

その頃、小倉城下にこんな高札が立った。

「当領木谷村在住貴田六助宗治に勝負を挑み打勝つに於ては二百石を当て行ふ也
領主」

立花統虎が、六助以上の士を求めているのではない。六助への誘導戦術であった。

統虎の見込み通り、多数の武芸者が木谷村を訪れ、統虎の見込み通り、敗退した。

しかし六助は、依然として被官を承引しない。これだけは統虎の見込みが外れた。

そのうちに母は、六助が清正公の目通りに出る姿を夢に抱いて冥府へ旅立ったのだ。

「六助どの。これほど勧めても不承知なは」

兵庫は、巧みに継ぎ穂を見つけた。

「もしや、高札の趣旨を気に障えてでも……」

「決して。私はあの高札の表によっても、統虎公の知遇を感じております。しかし、臣として仕うれば、君公を旨とせねばなりません。六助は、母への奉公を第一としたかったのです」

「そ、それならば、母上亡き現在《いま》こそ……」

「母を喪って、誰を養う二百石でしょう？　重ねて仰せられぬように」

兵庫はさすがに返す辞がなかった。その時、

「木谷村の六助とか、七助とかいう豪傑の住居はここか。一手手合わせに来た。支度はよいか」

破れ鐘のように怒鳴った男があった。

眉も髯も濃く太く、眼だけが細く子供のようにあどけない。裁着袴《たつつけばかま》に革足袋、握太《にぎりぶと》の鉄扇という扮装《いでたち》の大男だ。六助は一目見て、アッと声をあげそうにした。大男はあははと笑って、

「六助、驚いたか？　俺だ俺だ」

粗野なうちにも、溢るる純朴……。（ああ、昔ながらの、木村又蔵だ）と、六助は思わず眼を屡叩《しばばた》いた。又蔵も、シュッと涙を啜って、

「聞いたぞ。木谷村へ尋ねて行って、三日の違いで一生会えぬ国へ旅立たれたと聞いて、地団太踏んでも追っつきはせん！」

須弥壇の位牌を見ると、それへドッカと胡坐《あぐら》を組み、両肱を張ってしばらく項垂れ、

「又蔵です。木村の又です。まだ姫路にいた時分、よくお庭で相撲をとった又蔵です」

と、顔を上げて、

「父又左衛門よりもよろしく、一日も早くお眼にかかりたいと申しましたが……」

と声を曇らせた。六助は姿勢を正して、

「何より訊きたいのは御主君の御機嫌だ。もう御主君などとさえ申し上げられぬが」

「御丈夫、御壮健。先だっても貴様のことをお噂があり、孫六の子の六助は小倉にいるそうなが……と」

「御口づから……？」

「うん」

「御勿体ない」

六助は、思わず両手を眼にあて、

「母に、聴かせてやりたかった」

「聞えている。聞えている」

又蔵も、俯向いて潤んだ声だったが、やがて、

「六助。噂といえばあの高札が、隈本中の評判だぞ。御主君も『立花統虎は昔から無理押しで勝つ大将だ。六助も無理強いされて困却していよう』とお笑いであった」

そういう又蔵の背後で、クスリと笑う声がした。兵庫である。清正の穿った言葉につい苦笑を漏したのだ。又蔵の眸《め》が、誰かと訊く。

「この仁は……」

六助が言いかけるのを、遮るようにして、

「某《それがし》は、立花兵庫。無理押しの大将左近将監統虎の家老、無理強いの使者でござる」

あはは と笑った。

「おい六助、それを早く言わんか」

三人は、他意なく笑った。

「しかし、貴様はまだ誰にも敗けまいな？」

「まだ敗けない」

「よし、それでよし。どうだ、久し振りに一本行こう。吉岡流の手並みが見たいなあ」

「ほう、これは後々までの語り草だ」

兵庫が眼を燿かせた。六助は有り合う木片《きぎれ》を二本揃えた。上月《こうづき》、三木の初陣以来いつも馬を並べ、よき敵を争った友だった。六年も隔てて目見《まみ》える緊迫感が、楽しいもののように胸を躍らせる。又蔵も刀の下緒《さげお》を十字に綾取りつつ、感慨深い眸で、

「鳥取の戦、高松攻め、淡路、山崎、あの時の、お主の武者振りが目に見えるようだ」

と、無造作に木片を取って立ち上った。二本の木片を間に湧き上る闘志が、波紋のように拡がった。時雨《しぐ》るるように落ち初めた雨が、肩に、額に、滴々とするのを気もつかぬような二人であった。

「見事だ。後々までの語り草だ」

感に堪えたように、兵庫の声が昂《うわず》った。

勝負は三本。一本は又蔵が取った。

「艱難爾《かんなんなんじ》を珠《たま》にす、苦労が薬になる。昔は、こんなに強くはなかった」

と、又蔵は全身の汗を拭いながら、

「これで皆を安心させることが出来る。よい土産だ」

ふと思い出したように、急に北叟笑《ほくそえ》んで、

「土産といえば、俺は今日大きな土産を貴様に持って来たんだぞ。当てて見ろ」

「………?」

「水木の園《その》ンベ、お園どのの、手紙をさ」

六助は、真向から打ち込まれたより慌てた。

「そうら、金仏《かなぶつ》が赤くなった」

「し、しかし、園どのの事は、主家退転の時かぎり、自然……」

「孫六殿が幽霊となって、水木の家へ、許婚の破談に行かれたとは聞かんぞ」

と、悪戯《いたずら》ッぽくニヤニヤして、

「園ンべは……、いや、もう園ンべとも言えない。眩しいほど、綺麗な娘になりおった。

水木の家では、家中の若殿原を片っ端から失望させて、いつかは帰ると貴様を待っている。

貴様、隈本へ帰っても、暗闇《やみ》の夜は気をつけろよ。人間、色気と食気の恨みが、一番怖い
……」

二十六歳の大男が、軀を揺り大口を開いて笑う。いまの試合に火華を散らした眼光とは別に、幼児《おさなご》のような又蔵の眸であった。

「どれ……」

兵庫は、重い腰を浮かし、

「肥後の隈本に、そんな桜が咲いていようとは……。これでは無理押しも、甲斐があるまい」

と、軽く笑って立ち上った。

しかし、六助が母を葬った土を見棄てて、この地を去ろうとは思われぬ。まだまだ望みを捨てて帰ったのではない。

相似

微かに二筋三筋、線香の煙が、杉の木間を縫うようにして、夕べ近い茜空に流れ、低い咽《むせ》ぶような読誦の声が洩れて来る。

漁《あさ》りのこした木の実を啄《つつ》くか、名の知れぬ小鳥が、チチと鳴きつれては飛び廻る。人の気配に心づかぬのだ。それほど凝っと身動きもせずに、六助は卒塔婆の前に額きつづけた。終日《ひねもす》を墓に跪《ひざまず》き、夜は須弥壇に侍して、もう三七日の間を、鉦と念仏に泣き暮《あか》したが心もとより堪能せず、墓の見えるその谷あいを、六助は去り得なかった。――母を負うては、百里の海山遠しとせずに急いだが、現在《いま》は急ぐ甲斐のない旅であった。又蔵の話を聞いてはなおさら、優しい故主清正の面影に堪らなく心惹かれもしたし、自分を待つというお園の端麗な笑顔に、胸が躍りもしたが、さりとて母の墓を見棄てては立ち上りかねた。

六助と共に、又蔵も、隈本へは帰れぬことになった。

「首に縄をかけても、しょぴいて帰る――」

と胸を叩いて豪語した水木の家族への思惑はともかく、六助の噂をされる時の君公の懐しそうな笑顔を思い泛べては、空しく一人では帰れなかった。彼は二十日あまりを木谷村の住居に寝泊りし、何とはなしに杉坂の墓所の小屋へ通った。

彫像のような六助の合掌に、夕陽はもう肩先から斜めに落ち、照し出された半面が厳かにさえ見える。

「母上、御覧なさい。新しい仏と見えます。供養の念仏を手向けて参りましょう」

「おお、よく心がつきました。通りすがるも、他生の縁です」

突然、それもつい背後《うしろ》で声がしたので、六助は思わず振り返った。そして、その声の主の風態に驚いた。

黒紋服の染色が赤く褪せたのへ、襞のなくなった継袴《つぎばかま》、柄《つか》の手擦れた無反《むぞり》の鮫鞘《さめざや》、伸びた月代《さかやき》、尖った顴骨《かんこつ》。いずこも同じ浪人姿は珍らしくはなかったが、白髪の老母を背に負うて、浮世の旅にも疲れた様子が、六助は、つい去年までの自分の姿を鏡にかけて見るようで、思わず吐胸《とむね》を衝かれたのだった。

浪人はそれに心をとめぬらしく、用意の布裂れを地面に敷き、恭々《うやうや》しく母を下し介添して坐らせ、二人揃って首を垂れ、しばらく祈念した。やがて浪人は顔を上げて、

「御看経《ごかんきよう》をお妨げして申し訳ありません。卒塔婆の新しさに、素通りいたしかねました」

もう一度、墓に向って一礼した後、

「母上、目ざすところまではもう一里、今しばらくの御辛抱です。さあ、お懸り下さい」

と肩を斜めに差し出したが、老母は、低くかぶりを振った。

「無理をいうようで心苦しいが、ここでしばらく憩ませてくれませぬか。今日の試合は一期の浮沈、軀より、張り詰めた心が苦しい」

「ごもっともです。それを思いますと、未熟不鍛錬、期して勝つ自信に欠けた己れが、恨

めしくなりますが、今はただ、桑弓《そうきゅう》の勢……。彼も人、我も人です」

と、浪人は堅く唇を噛み、拳を握った。

聴くともなく耳に入った母子の会話に、六助はもしやと、

「どこへ……」

と、思わず訊ねると、

「木谷村とやらへ、尋ねて参ります」

もはや疑いはない。六助は、改めて相手を凝視《みつ》めた。総髪《なでがみ》にした狭い額、窪んだ眼窩、好もしからぬ面貌《おもざし》だが、老母を恭《うやま》い労《いたわ》る孝心には惹かれずにはいられない。やや傲岸《ごうがん》に見える挙措《ものごし》さえ、世にも人にも媚びぬための落魄かと、却って潔いものを感じさせた。

「では高札の趣旨によって、六助と……」

「は」

浪人は俯向いて、

「三十過ぎて仕官の途なく、六十に余る母を、諸国にさ迷わす不孝……。百五十石にさのみ望みはないが、せめて、一年半年、槍一筋を小者に持たせ、母の喜ぶ顔が見たいばかりです」

と、涙含んだ。老母も項垂れて、

「せめて亡父《ちち》の半知行にでも取り立てられた我子の姿が、見て死にたいと存じまして」

六助は、それを墓の中からの懐しい声と聴き、突嗟に、この母子の望みを遂げさせよう
と心に決めた。浪人はなおも屈託げに、

「目ざす貴田六助とやらは吉岡流無双の使い手で、立花侯が再三の懇望にも応ぜず、名利
を外なる勇士と承りました。それだけに……」

「勝敗は時の数です。彼も人、我も人と、そこもとは先刻言われたではありませんか」

「は。ただ、敗れて不孝を重ねはせぬかと」

「断じて行へば鬼神も避くです」

「は。その御辞《おことば》は、私にとって百人の助勢となりました。母上、参りましょう」

「行きましょうとも。私も、何となく道が明るく開けるように思われます」

母を負う浪人の腰も軽く、立ち上ろうとした途端に、

「木谷村までお越しに及ばず。六助、ここで、この墓前でお相手になりましょう」

と言った。

追善勝負

六助は、じっと眼を閉じ、驚く母子の姿を見ないで言った。

「私は、そこもとが遥かに年嵩《としかさ》でありながら、なお母に仕えて孝養を尽される、その仕合せが羨しい、母を空しく陋屋《ろうおく》に死なせた私は、それが羨しい」

悄然と立ち、手頃の木の枝を二本折り、揃えて置いた。

「すでに六助は、その心持ちの上でそこもとに敗けています。しかし、それでは御得心あるまいから、御相手になります。いざ……」

六助の声に促されて、浪人は、節の少い一本を取り上げ、

「京極内匠、未熟ながら……」

と名乗って、中段に構えた。六助は青眼につけて、相手の瞳をじっと見た。

——邪心がある。

意外であった。対者《あいて》を眩惑させて取ろうとする卑しい剣だ。勝負の他には余裕もなく、精気も閃かぬ。これが、この一剣に母への真心を賭けて闘う孝子の瞳かと、六助はちょっ

と狼狽した。相手はそれを隙と見て打ち込んだ。次の瞬間、六助は軽くかわしながら、ただ勝たねばならない相手の立場、冴えにも、閃きにも乏しいのは無理からぬことだ、美しい孝心の前にいっさいを問うまいと思った。

「参った。参りました」

ちらと見せた誘いへ、激しく飛んだ一剣が肩先へ落ちた。内匠の頬を、ホッとした安堵の色がかすめ、母親をかえり見て莞爾《にっこり》と、思わず笑った。

「御見事でした……」

六助は、母子の笑顔をみて満足した。

(この上の、御孝養を……)

と言おうとした時、

「六助の大馬鹿め！」

又蔵が、真っ赤な顔をして、墓の向うから飛び出して来た。

「俺は合点せん。そんな勝負があるものか」

六助は、チラリと困惑の眉を曇らせたが、委細かまわず又蔵は怒鳴り散らした。

「六助、ここをどこだと思う？　貴様それで地下の母御に済むと思うか。立花侯の知遇に対しても済むと思うか」

と、息を弾まし、ジロリと眼を光らせ、

「俺は、もとよりこの仁に、好意も持たねば、憐みもない」

そう言いながらも、又蔵は、

「しかし、立花家にも三人や五人、眼のあいた武士もいるだろう。これがこのまま済むとは、俺には考えられない」

と、露骨な侮辱で内匠を瞶めた。内匠は、さも心外千万といわんばかりに、尖った頬をプッと脹らせ、

「御不審なら今一度、改めて試合《しあ》っても、拙者に於て苦しゅうはない。六助どの、いざ、お相手しよう！」

以前とは、グッと自信に満ちた声である。又蔵は、皆まで聞かず、

「のぞむところだ。六助より俺と試合おう。拙者は木村又蔵……」

「どなたなりと」

「よし」

腰の手拭で袖と袖を括り合せ、襷《たすき》にかけようとする又蔵の腕を、六助が押えた。

「やめてくれ、又蔵！」

六助の眼が、懇願するように涙含み、グッタリ力が虚脱《ぬけ》きっていた。

「何度試合っても、六助は勝てぬ」

「だから、俺が……」

「無駄だ。六助が敗けさえすれば、高札の趣きは立派に立つのだ」

「ええッ、勝手にしろ！」

又蔵は、六助の手を振り払い、腕を拱《く》んでそっぽを向いた。

「では……」

内匠は、母を介抱しながら、

「御聞《おき》き質《ただ》しのお使いも遣わされる事でしょうが、勝負の模様、相違なく御申し聞け下さるでしょうな」

「もちろんです。すこしも早くお届け出を」

「では、後日改めて」

内匠は、母を背に負うた。

二人の姿が、木の間洩る残照の向うへ消え去るまで、六助は見送っていた。

「似非《えせ》孝行のあの面《つら》が、貴様の眼には見えんのか」

又蔵は、諦めきれぬようにまた怒鳴る。

「母を喪った悲しみに、貴様、人を見る眼まで失明《なくな》したのか」

六助はそれに答えず、墓に額《ぬかづ》いた。

「お許し下さい、母上」

自分の仕残した孝行を、あの浪人によって遂げさせたかったのだ。母の墓前で勝ちを譲ったのも、追善供養の心に他ならなかった。

この敗報が伝われば、加藤家への帰参は挫折し、水木のお園への淡い夢もはかなく消えるが、六助はもうそれを悔まなかった。

立花家でも、初めは六助が負けたとは信じなかった。人騒がせな浪人だ、くらいの気持で使いの侍が翌朝来た。侍が引き返すと、兵庫が慌てて馬を乗りつけた。

「内匠殿の勝ちは順当。手練、人柄ともに、及ばざるところ」

二度の使者に、辞を変えず六助は答えた。兵庫はそれでも腑に落ちかねるか、傍らの又蔵を、チラリと窺うようにした。又蔵は、むっつりした表情を余計に硬張らせ、

「六助め、あの浪人にだけは勝てぬとさ」

と、そっぽを向いた。

兵庫が事の次第を復命すると、統虎は殊のほかなる不機嫌であった。それから十日ほどすると、京極内匠が屋敷を賜ったという噂に引きつづいて、彼の傲慢《ごうまん》な態度や、陋劣《ろうれつ》な人柄についての取沙汰が、頻々として聞えて来たが、六助は、そのいっさいに耳を蔽い、ただ孝心なあの一面だけを信じた。

やがて母の七々日の、忌明けの日が近くなった。

木下闇

病葉を乗せて、風の飄々《ひょうひょう》と鳴る夜である。

柳の馬場から城の大手へつづく並木道は、戌《いぬ》の刻すぎて人足が杜絶えていた。叢雲《むらくも》立った高い空から、月が時々しろがねいろの溜息をつく。梢で、五位鷺であろう、梟より凄寂な声をたてる。

影が、二つ……。落ちついた足どりで、鼻に扇、後ろから行くのは京極内匠。今夜は小袖も当世風で、鐺《こじり》の銀拵えがキラリと光る。もう一つの、先きに立った影は、内匠の母だ。

今夜の母は負われもせず、しかもしたたか酔うているか、影も足許も縺《もつ》れがちだ。

「遠いねえ、遠すぎるよ。酔いざましのそぞろ歩きというやつにしちゃあ……」

辞《ことば》つきまで、ひどく粗雑《ぞんざい》。そして、

「駕でも誂えて貰やぁよかった」

と、驚いたことに、銜《くわ》え楊枝だ。

「はっ、はっ、贅沢を言うな」

「何が贅沢なものか。つい、この間までは、お前さんに負ぶって貰った御身分さ」

「と言って、いつまでつき纏われちゃかなわねぇ」

「する事さえしてくれれば、頼まれたってつき纏うものか」

「だ、だから」

「今夜だって、約束のものを貰いに来たのに、それがない。御城にいる知己《しりあい》に借りて渡すというから、この遠道をついて来たのさ」

「だからこうして、御案内申しているんだ。文句を言わずに黙って歩け！」

「ふん、お前さんみたいな風来坊じゃなし、小倉の御城下は隅から隅、どこの鳥屋《とや》に総嫁《そうか》が何人いるかまで、知ってる私だ。黙って歩けも凄まじいや」

これが、この二人が、杉坂でのあの慎ましい孝子と、気高い母堂かと、呆れるばかり。

「大変な婆アだ」

「その婆のお庇《かげ》で、現在《いま》のその禄にありついたんじゃないか」

「チェッ、またおきまりを始めやがった」

内匠は、呆れて呟いた。

「内匠さん。お前さん、そんな口のきける義理かね？　あの時、私の店で濁酒《どぶろく》をひっかけながらの御述懐に、私が哀れに思って、六助が親を死なせて愁嘆しているとの評判から思いついて一狂言書き、ついでに阿母《おふくろ》の役まで買ってやったればこそ……」

「だから、度々の無心も諾《き》いているんだ」

「まあ、これからもある事ですからね。あんまり粗末には扱わないで下さいよ」

老婆は全然押えている。親子の関係がそんな機関《からくり》では、内匠は頭が上がらない。

「その、これからもあるというテを切ってくれ。物は相談だ。二十両出そう」

ズバリと切り出した。もともとこの淋しい木蔭を選んだのは、威《おど》して今夜の無心を引き込ませる心算《つもり》だったが、その手で行かぬと見て、内匠は二つに一つと決心した。二十両で因縁《いんねん》を絶つか、それで行かねば斬ってしまおうというのだ。相手の瞬き一つにも本心を見極めようと詰め寄ったが、老婆は軽く嘲《せせ》ら笑って内匠を見た。

「おやおや、息子から親への三下り半は珍らしいね。そっちがそう水臭く出るのなら、こっちも腹一杯、五十両が一文欠けても厭だよ」

「と言って、言い値通り出しても、口をつぐむ女じゃあるまい」

「それじゃ矢張り、小出しにするかね」

「いや、五十両結構、手を打とう。折もよい、ところもよい。一口商いだ！」

ギラリと刀が光って横に流れたが、履き馴れぬ草履が辷って、尖先《きつさき》が延びた。

「そ、その鈍《なまく》らな腕で禄にありつけた、大恩人の母親を殺そうってのか。この畜生め」

「その母親には、懲々《こりごり》だ……」

内匠はもう焦らず、尖先を地に突いて、

「こっちは正直に、六助の腕を買い被って、思えばつまらねぇ目に遭ったものだ。親の、孝行のと小細工を弄せずに、殿の御前で六助めに、一本勝負を挑むべきであった」

「そして、散々に打たれてさ、大恥を掻けばよかった」

「打ちのめしたのは俺だ。貴様、その眼で見たろうが」

「畜生め。敗けて貰っておきゃがって、自惚《うぬぼれ》も大抵にしな。ああ、私はいっそ六助さんとやらに済まないよ」

「ふふ。世迷い言はそれだけか……」

と、憎さげに見て、刀を取り直し、

「いずれ六助めをしょびき出し、殿の御前で打ち据えて腹を癒やす。指など銜《くわ》えて、冥途から見物しろ」

素足を踏み鳴らして、斬りかかった時だった。

「うぬ！　その広言を聴いては、勘弁ならぬ」

群立《むらだち》の松の木蔭から、黒い大きな影が、弾丸《たま》のように内匠の手許へ咬みついた。そして、這い退る老婆をかえりみ、

「おい、婆ア。冥途からでなくても、ここから見物しろ。はっはっ」

「貴様は……？」

「木谷村の六助だ」

「ウヌ」

白刃が二、三度、闇に喘いだが、勝負は速かった。相手の鉄扇が額に飛んで、血沫が眼に流れ込むと、内匠は自分から刀を抛り出して跪いてしまった。これが生命を全うす一番

安全な方法だと、彼は知っていた。相手は、襟髪をとって引き据えながら、

「この生半熟な腕で、よくも優しい六助を打擲《ちようちやく》したな。六助は母ゆえに眼眩《まなこくら》んで勝ちを譲ったが、この又蔵ならその場を去らせず、面皮を引ン剥いてくれようもの……」

バリバリと歯を鳴らした。

もう一つの影が、又蔵の飛び出した辺りから静かに立ち出でて、

「木村どの、それ位でよろしかろう。どうで自滅する奴です」

と、蔑んだ眸《ひとみ》で見下し、

「京極内匠、儂が誰だか名乗らずとも分かっていよう、貴様の仮面を剝いたのは、六助どの帰国に当って、汚名を雪《すす》ぐばかりでない。立花家に対して、世上の侮りを防ぐ儂の役目だ。今夜のうちにも出発しろ。儂は他言はしないが、どこかその辺の御母堂が黙ってはおられまいから」

「誰が黙って済ますものですか……」

唾を吐きかけまじき形相で、老婆は叫んだ。

「こいつの悪事は、日本国中、こいつの行く先々までついて行って、言い立ててやりたいほどです」

「慾の間違いというやつは、恐ろしいなあ」

又蔵は起ち上がって塵を払い、兵庫に軽く会釈して、連れ立って歩きかけた。

「待って下さいよ、お二人さん」

慌てて老婆が大声で喚き、二人の後を追かけた。

京極内匠は、その夜のうちに小倉の城下を逐電した。老婆ゆえの破綻がよほど残念であったか、行きがけの駄賃か、老婆を斬って行方を消した。

再度、清正公の命をうけて飯田覚兵衛が六助を迎えに来て、七々日の忌明けと共に三人連れ立って隈本へ発足する事になっていた。そこで、又蔵と兵庫だけで打ち合せ、内匠の屋敷へ赴き、はからず二人の後をつけて馬場先の一埒とはなったのである。

孫兵衛統治

翌朝辰の下刻、立花統虎は六助と又蔵を、小倉城の黒書院に引見した。

統虎は、二人に揃いの小袖と黄金を、別に、六助へは長慶の差し添えを与えた。

「又蔵、主計頭はよい家来を持たれて、羨しいと伝えてくれ、儂は六助を得ようとして色々と策を弄したが、六助の心の中に根を張った、故主への憧憬《あこがれ》には勝てなんだ。六助、儂はせめて名残りに、諱《いみな》の一字を其方《そのほう》に与えたい。今日からは、貴田六助統治と名乗れ。儂はそれをせめてもの心遣りにしたい」

統虎の声は寂しかった。六助は、涙にくれて拝受した。

彼は加藤清正に復帰の後、亡父の名を襲って貴田孫兵衛を名乗ってからも、なお諱の統治は変えなかった。

貴田孫兵衛が「毛谷村六助」という力士であり、自分の主取りする相手は、自分より膂力に秀でたものでなければ肯《が》んぜず、「遂に豊公九州攻めの時、小倉で御前相撲を催し、加藤左典厩の臣塙団右衛門、黒田長政の臣後藤又兵衛、毛利輝元の臣溝口半之丞など三十五人を仆《たお》して後、清正の臣木村又蔵に敗れて、清正に随身した」と、有名な豊公御前相撲の伝説があり、また「豹皮録」にも力士として、同様の記載がある。ここには梅野下風の述にならって、彼が吉岡流の剣士であったとして書いた。

又兵衛は、水木の娘お園を娶って一女一男を挙げたが、男の子の生れるのを待たずに朝鮮の役に従軍し、会寧の戦に戦死した。

清正の軍は、会寧から豆満江を渉り、満洲に入ろうとしてここに激しく戦った。会寧を、その頃は、兀良哈《ウランカイ》と称した。

孫兵衛は、自ら八千人の先鋒となり、江を渉り、胡虜二万の立て籠る堅塁十三城を攻めたが、敵の奇襲に遭って、落城の寸前に華々しく散った。

清正は、孫兵衛の軀を自らの膝に抱き、按撫看病太《はなは》だ努めたが、遂に起たず、清正は慟《どう》哭《こく》して厚く葬った。時に、孫兵衛三十歳。墓碑の銘にも諱の統治の字を変えなかったのは、清正も統虎の志を尊んだからであろう。

一説には、木村又蔵と先陣を競った末に死んだとある。実説ではないが、因縁はなはだ面白い。

兀良哈《ウランカイ》の勇士

この作品は昭和17年3月長隆舎書店より刊行されたが、今回の文庫化にあたり、現代表記に変更した。

法善寺横町《ほうぜんじよこちょう》

平成22年2月13日　初版第1刷発行

著　者　長谷川幸延
発行人　笹　　節子
発行所　株式会社　たちばな出版

〒167-0053 東京都杉並区西荻南2-20-9 たちばな出版ビル
電話　03(5941)2341(代)　FAX　03(5941)2348
ホームページ　http://www.tachibana-inc.co.jp/

印刷・製本　真生印刷株式会社

ISBN978-4-8133-2310-5

定価はカバーに記載してあります。
落丁本・乱丁本はお取替えいたします。

タチバナ教養文庫

1 碧巌録(上) 大森曹玄

『無門関』とならぶ禅の二大教書の一つ。剣・禅・書に通じた大森曹玄老師による解説は、深い禅的境涯に立ち、出色した名著との定評がある。

定価九九九円

2 碧巌録(下) 大森曹玄

多くの名だたる禅匠が登場して、互いに法の戦いを交え、これほどおもしろい祖録も少ないといわれる、代表的な禅の問答公案集。

定価九九九円

3 茶席の禅語(上) 西部文浄

茶席の掛け物に見られる禅語をテーマに、その禅語の意味内容を、平易な言葉でわかりやすく解説した、禅の入門書としても最適の書。

定価九九九円

4 茶席の禅語(下) 西部文浄

茶掛の禅語に加え、下巻では、図版も多く載せられ、画題の解説が丁寧になされている。禅僧略伝も付記。上下巻共に収録禅語一覧付。

定価九九九円

5 古神道は甦る 菅田正昭

神道研究の第一人者による、古神道の集大成。いま、世界的に注目を浴びる神道の核心に迫る本書は、この分野での名著との評価が高い。

定価九九九円

6 言霊の宇宙へ 菅田正昭

「ことば」の真奥から日本文化の源流を探るための格好の入門書。無意識に使っている言語表現の中に、宇宙的なひろがりを実感できる名著。

定価九九九円

タチバナ教養文庫

7 天皇家を語る（上）　**加瀬英明**

昭和二十年八月十五日までの天皇家と周辺の人々の言動を、数十人に及ぶ関係者のインタビューと資料の発掘で描く、迫真のドキュメント。　**定価八九七円**

8 天皇家を語る（下）　**加瀬英明**

マッカーサーの来日、GHQの設置と日本が大きく揺れ動くなか、天皇制の存続に尽力した人々の姿を克明に再構成した二部作の完結編。　**定価八九七円**

9 伝習録 ―陽明学の真髄―　**吉田公平**

中国近世思想の筆頭格、王陽明の語録。体験から生まれた「知行合一」「心即理」が生き生きと語られ、己の器を大きくするための必読の書。　**定価九九九円**

10 禅入門　**芳賀幸四郎**

禅はあらゆる宗教の中でも、もっとも徹底した自力の教えである。本当の禅を正しく解説し、禅の魅力を語る名著、待望の復刊。　**定価九九九円**

11 六祖壇経　**中川孝**

禅の六祖恵能が、みずから自己の伝記と思想を語った公開説法。禅の根本的な教えをわかりやすく明解に説く。現代語訳、語釈、解説付。　**定価一二二三円**

12 神道のちから　**上田賢治**

神道とは何か。生活を営むうえで神道が果たす役割を説き、大胆に神道を語る。実践神学の第一人者たる著者が贈る、幸福への道標の書。　**定価七九五円**

タチバナ教養文庫

13 近思録（上）　湯浅幸孫

中国南宋の朱子とその友呂祖謙が、宋学の先輩、四子（周敦頤・張載・程顥・程頤）の遺文の中から編纂した永遠の名著。道体篇他収録。　定価九九九円

14 近思録（中）　湯浅幸孫

十四の部門より構成され、四子の梗概はほぼこの書に尽くされ、天地の法則を明らかにした書。治国平天下之道篇他を収録。　定価九九九円

15 近思録（下）　湯浅幸孫

「論語」「大学」「中庸」「孟子」の理解のための入門書ともなり、生き方のヒントが随所にちりばめられた不朽の名著。制度篇他収録。　定価九九九円

16 菜根譚　吉田公平

処世の知慧を集成した哲学であり、清言集の秀逸なものとして日本において熱狂的に読まれ続けている、性善説を根底にすえた心学の箴言葉。　定価九九九円

17 洗心洞劄記（上）　吉田公平

江戸末期、義憤に駆られ「大塩の乱」を起こして果てた大塩平八郎の読書ノートであり、偉大なる精神の足跡の書。全文現代語訳、書き下し文。　定価一二六〇円

18 洗心洞劄記（下）　吉田公平

「救民」のために命を賭けた陽明学者、大塩平八郎の求道の書。現代語訳完結。「佐藤一斎に寄せた書簡」解説「大塩平八郎の陽明学」付き。　定価一二六〇円

タチバナ教養文庫

25 新篇葉隠　神子侃編訳

「武士道の聖典」とされる原著から、現代に活きる百四十篇を選び、現代語訳・注・原文の順に配列。現代人にとっての「人生の指南書」。定価一三六五円

26 山岡鉄舟 剣禅話　高野澄編訳

武芸を学ぶ心をいつも禅の考えの中に置いて、剣禅一致を求めた山岡鉄舟の文言を収録。幕末の偉傑・鉄舟の思想と行動を解明する。定価一〇五〇円

27 開祖物語　百瀬明治

仏教の道を開いた超人、最澄・空海・親鸞・道元・日蓮。日本仏教史に輝く五つの巨星の人間像と苦汁に満ちた求道の生涯を力強く描く。定価一三六五円

28 孝経　竹内弘行

孔子が「孝」を説く、『論語』と並ぶ古典。中国で普及・通行した『今文（きんぶん）孝経』の本邦初訳。語注・訓読・原文及び解説付。定価一〇五〇円

タチバナ文芸文庫

新文章讀本

川端康成

「小説が言葉を媒体とする芸術である以上、文章、文体は重要な構成要素である。そして、小説は言葉の精髄を発揮することによって芸術として成立する」と説くノーベル賞作家の貴重な文章論。古典作品のみならず、多数の近代小説家の作品を引用して、文章の本質に迫り、美しい日本語への素直な道に読者を誘う名随筆。

定価一〇五〇円

小説 桂 春団治

長谷川幸延

上方落語界の爆笑王一代記。女遊び、酒、莫大な借金。だが厳しい修練から生まれた自由奔放な話術と憎めない振舞いに高座は喝采の嵐を呼んだ。落語の伝統を破壊した、天才芸人の破天荒な生涯を描く、劇作家であり、小説家であった長谷川幸延の代表作。解説『長谷川幸延大先輩に捧ぐ』藤本義一

定価一三六五円